Mathias Christiansen
Die dünne Linie

Mathias Christiansen, geboren 1968 in Berlin, arbeitet dort in der Verwaltung eines Arbeitsgerichts.
Er ist Mitglied im SYNDIKAT und veröffentlichte bereits mehrere Kurzgeschichten und Fortsetzungsromane in Tageszeitungen sowie den heiteren Roman »Wotte in Leimar«.
Nach »Der dritte Fehler« ist »Die dünne Linie« nun sein zweiter Kriminalroman in einer KBV-Serie um den Berliner Kommissar Brodersen.

Mathias Christiansen

Die dünne Linie

Ein Werner-Brodersen-Krimi

KBV
KRIMI

Danke

Meiner Frau für ihre Unterstützung,
Andreas für die Idee mit der Ampel
und all den anderen,
die ungenannt bleiben wollen oder sollen ...

Originalausgabe

Telefon: 0 65 93 - 99 86 68
Fax: 0 65 93 - 99 87 01
www.kbv-verlag.de
E-Mail: info@kbv-verlag.de
Umschlagillustration: Ralf Kramp
Redaktion: Dorothee Steuer, Sankt Augustin
Satz: Volker Maria Neumann, Köln
Druck: Westermann Druck, Zwickau
Printed in Germany
ISBN 3-937001-34-4

Die Mörder sind in uns.

Manfred Hinrich

Prolog

Als er das Geräusch zum ersten Mal wahrnahm, schreckte er hoch. Er legte den Stift zur Seite und lauschte. Nichts war zu hören. Nur das leise Surren seines Computers. Sonst war alles still.

Einbildung, dachte er.

Vielleicht war er auch für einen Moment weggetreten.

Er blickte zur Uhr. Eine Stunde vor Mitternacht. Viel zu spät, um noch konzentriert zu arbeiten. Aber er musste diese Akte fertig stellen. Heute noch.

Er griff nach seiner Tasse und trank einen Schluck. Der Kaffee war längst kalt und schmeckte bitter. Anschließend beugte er sich wieder über seine Papiere. Noch eine halbe Stunde, dachte er. Dann hätte er es geschafft.

Plötzlich war das Geräusch wieder da. Es klang wie ächzendes Holz. Dann hörte er Schritte auf dem Flur. Irgendjemand war dort draußen. Dass es einer der diensthabenden Wachtmeister sein konnte, schloss er aus. Deren Gewohnheiten kannte er genau. Die liefen nachts nicht über die Gänge seiner Etage. Und die Putzfrau war um diese Zeit längst fort. Nein. Es musste jemand anderes sein.

In all den Jahren, in denen er hier im Hause arbeitete, hatte er ein Gespür dafür entwickelt, wenn etwas nicht stimmte. Behutsam erhob er sich von seinem Schreibtisch und schlich zur Tür. Er legte sein Ohr an das dunkelgrüne Holz und lauschte. Irgendetwas knarrte. Aber er konnte nicht definieren, was es war.

Ich muss nachsehen, was dort draußen vorgeht, dachte er.

Einen Augenblick lang zögerte er und überlegte, ob er beim Empfang anrufen und nachfragen solle. Aber er ließ es. Sicher hatte alles eine natürliche Erklärung.

Kurz entschlossen drückte er die Klinke nieder und trat auf den Flur hinaus.

Er bemerkte noch, dass die Nachtbeleuchtung erloschen war. Dann traf ihn etwas am Hinterkopf.

Alles wurde schwarz.

Als er auf dem harten Steinfußboden aufschlug, war er bereits tot.

1. Kapitel

Der Kalender zeigte Donnerstag, den 16. Mai 2002. Als Kriminalhauptkommissar Werner Brodersen um sieben Uhr das Präsidium des LKA in der Tiergartener Keithstraße betrat, fühlte er sich müde und abgeschlagen. Erst gegen drei war er ins Bett gekommen und hatte Mühe gehabt einzuschlafen. Kurz vor vier war es ihm schließlich gelungen. Aber schon knapp zweieinhalb Stunden später hatte ihn sein Wecker aus einem kurzen und traumlosen Schlaf gerissen.

Hinter dem Mann, den sie in der Nacht verhaftet hatten, waren sie endlos hergewesen. Wochenlang hatte er sie mit einer groß angelegten Erpressung in Atem gehalten. Seine Drohungen waren gegen Züge und Anlagen der Berliner S-Bahn gerichtet gewesen. Gestern aber war der entscheidende Hinweis gekommen und sie hatten die Falle gegen Mitternacht bei einer geplanten Geldübergabe zuschnappen lassen. Brodersen war noch in die Gefangenensammelstelle mitgekommen und hatte dem ersten Verhör beigewohnt. Dann war er nach Hause gefahren. Aber er hatte lange gebraucht, um abzuschalten.

Früher war es leichter, dachte er. Als Kathrin noch bei mir lebte, hatte ich jemanden zum Reden. Jetzt bin ich bald Mitte fünfzig und habe nur noch mich.

Brodersen nahm den Aufzug und fuhr in den dritten Stock. Die Tür zu seinem Büro stand offen. Als er eintrat, sah er, dass Koch in den Aktenbergen kramte, die sich auf Brodersens Schreibtisch türmten.

»Morgen, Werner«, sagte Koch. »Du bist schon hier?«

Brodersen nickte ausdruckslos. »Suchst du was Bestimmtes?«

»Den Spielschein. Wo hast du den?«

Brodersen dachte kurz nach, was Koch meinen könnte. Dann fiel es ihm ein. »Oberste Schreibtischschublade. Haben wir was gewonnen?«

Koch zog das entsprechende Schubfach auf. »Einen Vierer! Wenn die Zahlen in der Zeitung stimmen.«

»Wie viel gibt's denn für vier Richtige?«

Koch zuckte mit den Schultern. Dann hielt er den Schein in die Höhe. »Keine Ahnung. Ich werde bei der Annahmestelle anrufen.« Er erhob sich und stürmte aus dem Zimmer.

Brodersen grinste. Typisch Koch, dachte er. Kann die Zeit nicht abwarten. Morgen würden die Gewinnquoten vom Mittwochslotto ohnehin in der Zeitung stehen. Er bezweifelte, dass es eine größere Summe sein würde. Außerdem mussten sie durch drei teilen. Gronau war auch mit von der Partie. Dennoch. Seit sie vor zwei Jahren begonnen hatten, regelmäßig zu tippen, war ihnen ein Vierer noch nie gelungen. Dann und wann drei Richtige. Mehr nicht.

Brodersen hängte seine Jacke in den Schrank und füllte Kaffee in die Maschine. Dann setzte er sich an den Schreibtisch und vergrub das Gesicht in den Händen. Er war todmüde.

Einige Zeit saß er so da und dachte an gar nichts. Irgendwann signalisierte ihm das Blubbern der Kaffeemaschine, dass der Brühvorgang beendet war. Er erhob sich und griff nach der Kanne. In diesem Moment klopfte es und Koch betrat den Raum. Er sah besorgt aus und Brodersen vermutete, dass es mit der Höhe ihres Gewinns zusammenhängen könnte.

Koch wies auf die Tasse, die Brodersen soeben füllte.

»Der Kaffee muss warten«, sagte er. »Es gibt Arbeit. Im Kriminalgericht Moabit liegt ein Toter.«

Zehn Minuten nach acht trafen sie in der Turmstraße ein. Brodersen parkte direkt vor dem Haupteingang des Kriminalgerichts. Ein paar Meter weiter vorn standen ein Rettungswagen und zwei Polizeifahrzeuge. Neben der Eingangstür lungerten zwei uniformierte Polizisten herum. Brodersen glaubte, einen von ihnen zu kennen, aber der Name fiel ihm nicht ein. Brodersen und Koch hielten ihnen ihre Dienstausweise hin und betraten das Gebäude. Im Foyer standen mehrere Gerichtswachtmeister und redeten aufgeregt durcheinander. Brodersen hob die Hand und bat um Ruhe. Dann stellte er sich vor und fragte, wo man den Toten denn finden könne.

»Altbau, dritter Stock«, sagte ein langer Wachtmeister mit schütterem Haar.

Brodersen und Koch dankten und machten sich auf den Weg.

Schon oft war er hier gewesen. Als Zeuge bei Gerichtsverhandlungen oder zu Gesprächen mit einem Staatsanwalt, welcher für ihre Ermittlungen zuständig war. Trotzdem erschien ihm das Gebäude noch immer wie ein Labyrinth und er hatte Mühe, sofort die Richtung zu finden.

Schließlich erreichten sie den angegebenen Ort. Eine Handvoll Polizeibeamte scharten sich um den am Boden liegenden Toten. An der Ecke des Treppenhauses standen mehrere Menschen und glotzten. Brodersen vermutete, dass es sich um Mitarbeiter des Hauses handelte. Brodersen ging es durch den Kopf, dass es schon der dritte Tote in dieser

Woche war, zu dem er gerufen wurde. Dann zog er seine Dienstmarke aus der Tasche und hielt sie in die Runde der Uniformierten.

»Brodersen, LKA 411«, sagte er. Anschließend wies er auf Koch und stellte seinen Kollegen vor. »Wer ist der Tote?«

Ein älterer Polizeibeamter trat vor. »Der Mann heißt Drigalsky. Ein Staatsanwalt.«

Brodersen kam der Name irgendwie bekannt vor. »Wer hat ihn gefunden?«

»Der Hausmeister. Als er seinen morgendlichen Kontrollgang machte, stieß er auf die Leiche.«

»Und wann war das?«

»Nach seiner Aussage kurz nach sechs. Anschließend hat er sofort den Notruf gewählt. Wir waren zehn Minuten später vor Ort.«

Brodersen beugte sich hinab und betrachtete den Leichnam.

Der Tote lag quer über den Flur. Am Hinterkopf klaffte eine Wunde. Eine größere Blutlache bedeckte den Fußboden. Sonstige äußerliche Verletzungen waren auf den ersten Blick nicht zu erkennen.

»Was hat der Arzt gesagt?«

»Dass nichts mehr zu machen sei. Exitus. Herz- und Atemstillstand. Todeszeitpunkt etwa gegen Mitternacht.«

Brodersen richtete sich wieder auf und wandte sich an Koch. »Ist die Spurensicherung schon informiert?«

Koch nickte. »Kolberg kommt.«

»Na prima. Dann warten wir hier auf ihn. Vielleicht können wir schon mal damit beginnen, mit dem Hausmeister zu sprechen. Wie war noch mal sein Name?«

Der uniformierte Polizeibeamte klappte sein Notizbuch auf. »Gellert. Er sitzt da hinten auf der Besucherbank.«

Brodersen sah in die entsprechende Richtung. Auf der Holzbank am Ende des Flures saß ein grauhaariger Mann, der einen dunkelgrünen Arbeitsanzug trug. Den Kopf hielt er gesenkt. Brodersen ging langsam auf ihn zu. Bevor er sich setzen konnte, schob er eine zerbeulte Keksdose, die offensichtlich als Aschenbecher diente, zur Seite.

»Herr Gellert?«

Der Mann nickte stumm.

»Mein Name ist Brodersen. Ich bin vom Landeskriminalamt. Man hat mir gesagt, Sie hätten den Toten gefunden.«

Der Hausmeister hob den Blick.

»Habe ich«, sagte er leise. »Es ist unbegreiflich ...«

»Wissen Sie, wer der Tote ist?«

Gellert nickte. »Ich kannte Herrn Staatsanwalt Drigalsky recht gut. Ein netter Mensch. Hat nie seinen Humor verloren. Und bei den Fällen, die in dieser Abteilung bearbeitet werden, will das schon was heißen.«

»Was sind das denn für Fälle?«

»Schwerstkriminalität. Mord und Totschlag.«

Jetzt fiel Brodersen ein, woher er Drigalsky kannte. Es war im Zusammenhang mit einer Geiselnahme. Der Fall musste ein Jahr zurückliegen, Drigalsky leitete damals die Untersuchungen.

»Arbeitete Herr Drigalsky öfter nachts?«

»Soviel ich weiß, eher selten. Jedenfalls habe ich ihn fast immer vor Toreschluss das Haus verlassen sehen.«

Brodersen dachte einen Augenblick nach, bevor er seine nächste Frage stellte. »Wer hat nachts Zugang zu diesem Gebäude?«

»Eigentlich niemand. Wer noch da ist, kann bleiben. Wenn man aber erst mal draußen ist, kommt man vor sechs Uhr früh nicht wieder hinein.«

Brodersen überlegte. Wenn stimmte, was der Hausmeister sagte, käme im Grunde nur jemand aus dem Kreis der Bediensteten in Frage. Oder jemand, der sich hatte einschließen lassen.

»Wird der Ausgang in der Nacht überwacht?«

Gellert nickte. »Einer von den Dienst habenden Wachtmeistern sitzt immer unten.«

»Und der würde merken, wenn ein Fremder das Haus verlässt?«

»Kommt drauf an, wer unten ist. Einer von den älteren Kollegen vielleicht. Aber von den jungen? Ob die alle Mitarbeiter kennen? Ich weiß nicht ...«

Brodersen blickte hinüber zum Tatort. Kolberg und seine Leute waren soeben eingetroffen und begannen ihre Utensilien auszupacken.

»Einstweilen vielen Dank, Herr Gellert.« Brodersen erhob sich zum Zeichen, dass das Gespräch beendet war. »Wir werden bestimmt noch einmal auf Sie zukommen.«

Der Hausmeister machte ein ausdrucksloses Gesicht und Brodersen überlegte, ob er ihn fragen sollte, wem er einen Mord an Drigalsky zutrauen würde. Aber dafür war es wohl noch zu früh. Außerdem schien der Mann viel zu erregt, um zu sachlichen Überlegungen fähig zu sein.

Brodersen trat an das Flurfenster und schaute in den Hof. Ein Mann, der eine orangefarbene Warnweste trug, fegte ein paar Blätter zusammen. Auf dem Fensterbrett lag Vogeldreck.

Plötzlich spürte er, dass ihm jemand auf die Schulter tippte. Er erschrak und fuhr herum.

Vor ihm stand Oberstaatsanwalt Richartz. »Guten Morgen, Herr Brodersen«, sagte dieser. »Schön, Sie zu sehen.«

Brodersen machte ein süß-saures Gesicht und nickte. Er kannte Richartz von zahlreichen Ermittlungen. Oft war er der zuständige Vertreter der Anklagebehörde gewesen. Brodersen hatte Richartz nie besonders gemocht. Weshalb, konnte er nicht sagen.

»Sie sind wegen Theo hier?« Richartz deutete in Richtung des Toten.

»Sieht so aus.«

Richartz zog die Lippen zusammen. »Schlimme Geschichte. Man kann sich keinen Reim darauf machen.«

Das kann man nie, dachte Brodersen. »Kannten Sie den Toten gut?«

»Es ging so. Theo Drigalsky und ich waren ja im gleichen Dezernat tätig und Zimmernachbarn. Das war allerdings auch alles. Private Kontakte zu ihm hatte keiner von uns.«

»Haben Sie eine Erklärung hierfür?«

Richartz schien zu überlegen. »Drigalsky war ziemlich verschlossen. Ein Eigenbrödler. Nicht sehr beliebt. Außerdem soll er vor kurzem einen unserer Justizwachtmeister beim Chef verpfiffen haben. Nur zehn Minuten war der Mann zu früh gegangen. Niemand von uns hätte Anstoß daran genommen. Niemand außer Theo Drigalsky.«

Brodersen sah zu Kolberg hinüber. Der gestikulierte gerade heftig und gab seinen Gehilfen irgendwelche Anweisungen. Koch stand an die Wand gelehnt da und rauchte.

Brodersen merkte, dass er Hunger bekam. Gab es hier im Haus nicht eine Kantine? »Können Sie sich vorstellen, dass Drigalsky Feinde hatte?«

»Wer hat die nicht? Wir werden doch permanent gehasst. Ich würde sagen, es gibt kaum einen Beschuldigten, der kein Motiv hätte, einen von uns umzubringen.«

Brodersen wusste, dass der Oberstaatsanwalt im Grunde Recht hatte. Dennoch: Der Schritt vom Gedanken zur Tat war weit. »Wer von den Staatsanwälten ist eigentlich für diesen Fall hier zuständig?«

»Für Drigalskys Tod?« Richartz hob die Augenbrauen. »Ich.«

Brodersen nickte stumm. »Gut. Dann werden wir ja bald mehr voneinander hören.« Er trat einen Schritt vom Fenster weg und überlegte, wie er Richartz am schnellsten loswerden konnte.

In diesem Moment kam Kolberg mit hochrotem Gesicht angelaufen. Sein Atem ging schnell. »Es ist gräßlich«, röchelte er.

Brodersen hielt den Atem an. »Was ist passiert?«

Kolberg rang nach Fassung. Er holte tief Luft. Dann sagte er es: »Dem Toten fehlt die Zunge ...«

2. Kapitel

Ein Toter, dem die Zunge fehlte, war etwas sehr Unangenehmes, aber hin und wieder kam es eben vor. Brodersen hatte im Laufe seines langen Berufslebens mehrere Leichen ohne Zunge zu Gesicht bekommen. Es hatte sich in allen Fällen um klassische Beziehungstaten gehandelt, bei denen das Opfer aus kriminellen Kreisen stammte und irgendeinen zwielichtigen Kumpel verpfiffen hatte. Daraufhin war es seine Zunge losgeworden und daran verblutet. Hier aber hatten sie es doch wohl mit einer völlig anderen Konstellation zu tun.

Spontan waren Brodersen Richartz' Worte über den verpfiffenen Wachtmeister eingefallen. Im selben Moment schien dieser Gedanke absurd. Gleichwohl mussten sie auch in diese Richtung ermitteln.

»Wie heißt der Mann, den Drigalsky angeschwärzt hat?«, fragte er Oberstaatsanwalt Richartz, der noch immer neben ihm stand.

»Freese.«

»Und wo finde ich diesen Freese?«

»In der Wachtmeisterei. Im Erdgeschoss.« Das kam genauso lapidar wie die Frage.

Brodersen winkte Koch heran und erklärte ihm kurz den Sachverhalt.

»Ich kann mir zwar nicht vorstellen, dass er etwas mit dem Mord zu tun hat«, sagte Koch, als Brodersen geendet hatte, »aber anschauen können wir uns den Wachtmeister ja trotzdem.«

Sie verabschiedeten sich von Oberstaatsanwalt Richartz und machten sich auf den Weg nach unten. Als sie vor der Tür zur Wachtmeisterei standen, fiel Brodersen ein, dass sie die Ausgänge kontrollieren mussten. Vielleicht war irgendwo eine Tür aufgebrochen worden.

In dem großen Raum, den sie betraten, standen jede Menge Aktenregale. Mehrere Wachtmeister saßen an einem Tisch und sortierten Briefe.

»Guten Morgen«, sagte Brodersen laut. »Wir sind vom Landeskriminalamt und würden gern mit Herrn Freese sprechen.«

Ein jüngerer Wachtmeister, dessen Aussehen an Hape Kerkeling erinnerte, erhob sich und nickte. »Um was geht es denn?«

Brodersen wies auf eine Tür, die zu einem Nebenraum zu führen schien. »Können wir uns irgendwo ungestört unterhalten?«

Kerkeling-Freese zog ein Schlüsselbund aus seiner Hosentasche und schloss die Tür auf, auf die Brodersen gewiesen hatte.

»Unser Lagerraum«, sagte er.

In dem kleinen Zimmer befanden sich in einem Stahlregal Dutzende Schreibmaschinen und kistenweise Klopierpapier.

Koch betrat den Raum als Letzter und schloss die Tür hinter sich.

»Sie wissen, worum es geht?«, fragte Brodersen und lehnte sich gegen ein Regal.

»Ich kann es mir denken. Sicherlich kommen Sie wegen des Toten.«

Brodersen nickte. »Ganz genau. Wie gut kannten Sie Herrn Staatsanwalt Drigalsky?«

Der junge Wachtmeister zuckte mit den Schultern. »Es ging so.«

»Hatten Sie irgendwelche Probleme mit ihm? Irgendwelchen Ärger?«

Freese schien für einen Augenblick zu erstarren. Seine Gefühlsäußerung dauerte nur eine Sekunde, aber Brodersen hatte sie bemerkt.

»Was denn für Probleme?«

Brodersen hob die Augenbrauen. »Das möchte ich gern von Ihnen wissen.«

Der Wachtmeister räusperte sich. Dann blickte er abwechselnd zu Brodersen und Koch. »Na ja. Es gab da eine Begebenheit. Drigalsky hat mich vor einiger Zeit bei der Verwaltung angezeigt, weil ich ein paar Minuten zu früh nach Hause bin.«

»Und deswegen hassten Sie den Staatsanwalt«, warf Koch ein.

»Ich mochte ihn nicht, das ist richtig. Aber hassen?«

Brodersen stieß sich von dem Stahlregal ab und trat dicht vor Freese. »Sie hassten ihn. Und deshalb haben Sie ihn aus dem Weg geräumt ...«

Der Wachtmeister riss die Augen auf. »Was?«

»Sie haben ihm in der letzten Nacht aufgelauert und ihn erschlagen. War es nicht so?«

Freeses Gesicht wurde knallrot.

»Nein«, schrie er. »Ich habe nichts mit dem Mord zu tun! Sie glauben doch nicht im Ernst, dass ich jemanden umbringe, nur weil er mich irgendwo angeschwärzt hat ...«

»Ich glaube gar nichts«, antwortete Brodersen. »Mich interessieren nur Fakten. Und Sie hatten eindeutig ein Motiv. Also: Wo ist Drigalskys Zunge?«

Einen Augenblick schnappte Freese nach Luft, dann schwankte er und sackte zusammen.

Koch fing ihn auf.

Ich bin zu weit gegangen, dachte Brodersen.

Natürlich hatte der arme Kerl mit großer Wahrscheinlichkeit nichts mit dem Mord an Drigalsky zu tun. Aber um dies sicher feststellen zu können, waren mitunter auch unangenehme Wege zu gehen.

»Gut, Herr Freese. Lassen wir es dabei bewenden.« Brodersen schloss die Befragung.

Koch half dem Wachtmeister wieder auf die Beine und klopfte ihm auf die Schulter.

Als sie das Zimmer verließen, drehte sich Brodersen zu Freese um und gab sich alle Mühe, ein aufmunterndes Gesicht zu machen. »Könnten Sie uns die Ausgänge zeigen, über die dieses Haus verfügt?«

Freese schien froh über die Veränderung der Situation zu sein. Er erklärte sich sofort bereit und führte die beiden Kriminalisten zunächst zum Haupteingang an der Turmstraße. Wer das Haus hier verlassen wollte, musste ein stählernes Drehkreuz passieren, welches von den am Ausgang sitzenden Wachtmeistern verriegelt werden konnte. Dadurch war es möglich, einen Flüchtenden am Verlassen des Hauses zu hindern.

Brodersen wies auf die Pförtnerloge. »Und dieser Ausgang ist also Tag und Nacht besetzt?«

Freese nickte. »Rund um die Uhr.«

Brodersen dachte an das Gespräch mit dem Hausmeister. »Wer hat denn letzte Nacht hier gesessen?«

»Das kann ich Ihnen gleich sagen«, antwortete Freese und lief in die Pförtnerloge. Im nächsten Augenblick war er zurück. In seiner Hand hielt er ein dickes graues Buch.

»Hier ist alles verzeichnet.« Freese blätterte zur letzten Seite und suchte die entsprechende Stelle. Als er sie gefunden hatte, verzog er das Gesicht.

»Jochen Exner hatte Dienst. Der Chef.«

»Chef?«

»Ja. Der Leitende Erste Justizhauptwachtmeister, wie es korrekt heißt.«

»Also jemand, der schon länger hier im Hause tätig ist und die Mitarbeiter kennt?«

Freese nickte.

»Dann würde es ihm sicher nicht entgehen, wenn ein Fremder versucht, hier das Haus zu verlassen.«

»Das ist anzunehmen. Wobei ... wenn er zur Toilette war, oder so ...«

Koch räusperte sich. »Zeigen Sie uns bitte noch die Nebenausgänge, Herr Freese.«

Der junge Wachtmeister führte sie zu insgesamt drei Pforten. Auf Nachfrage bestätigte er, dass alle Ausgänge mit Ausnahme des Hauptportals an der Turmstraße täglich um neunzehn Uhr geschlossen würden. Brodersen und Koch besahen sich die Schlösser der Türen. Auf den ersten Blick konnten sie keine Beschädigungen erkennen.

»Wir sollten Kolberg sicherheitshalber nachschauen lassen«, meinte Brodersen. »Der kann das besser beurteilen.«

»Und nun?« Koch blickte auf die Uhr. »Es ist kurz vor zehn.«

Brodersen merkte, wie der Hunger wiederkam. Er beschloss, zunächst ins Präsidium zurückzufahren, um in Ruhe über das weitere Vorgehen nachdenken zu können.

Hier konnte er im Augenblick ohnehin nichts ausrichten. Nachdem er Koch nochmals gebeten hatte, Kolberg auf Türschloss-Inspektion zu schicken, verließ er das Kriminalgericht.

Fünf Minuten nach halb elf fuhr Brodersen im dienstlichen Opel Omega auf den Hof des Landeskriminalamtes in der Keithstraße. Sein knurrender Magen lenkte ihn zunächst in die Kantine. Dort kaufte er sich zwei Bockwürste mit Kartoffelsalat und eine Dose Pepsi-Cola. Die Würste schmeckten fad und bereits nach ein paar Bissen war er satt. Stattdessen bekam er jetzt Kopfschmerzen. Die Hälfte des Kartoffelsalates ließ er auf dem Teller zurück.

In seinem Büro löste er eine Schmerztablette in einem Glas Wasser auf und trank das bittere Gebräu in einem Zuge aus. Anschließend setzte er sich an seinen Schreibtisch und dachte nach. Was wussten sie?

Ein Staatsanwalt war ermordet worden. Direkt an seinem Arbeitsplatz. Die näheren Umstände würde die Obduktion ergeben. Ein Motiv war zunächst nicht erkennbar. Wachtmeister Freese schied aus.

Was aber blieb?

Brodersen zog einen neuen Collegeblock aus seinem Schreibtischschub. Auf die erste Seite schrieb er *Drigalsky*. Den Namen unterstrich er. Dann begann er, die dringendsten Fragen zu notieren: Was war Drigalsky für ein Mensch? Warum war er um diese späte Stunde noch im Justizgebäude? Woran arbeitete er? Brodersen malte ein großes Fragezeichen unter die drei Stichpunkte.

Seine Kopfschmerzen ließen allmählich etwas nach. Dafür begann er zu schwitzen. Also erhob er sich und öffnete das

Fenster. Vor dem Haus gegenüber stand eine Frau, deren Einkaufstüte geplatzt war. Sie sammelte Äpfel und Bierdosen auf. Brodersen sah ihr gedankenverloren zu. Als er seinen Blick abwandte, klingelte sein Telefon.

»Kolberg hat sich mit einem seiner Leute die Türschlösser angesehen«, sagte Koch, der noch immer vor Ort war.

»Und?«

»Sie sind tatsächlich fündig geworden. An einem der Schließzylinder ist manipuliert worden. Kolberg meint, die Dinger seien extrem leicht zu knacken.«

Brodersen merkte auf. »Also könnte es doch jemand von draußen gewesen sein.«

»Möglich.«

»Wie lange braucht Ihr noch? Ich schlage vor, dass wir uns bald zusammensetzen und die ganze Sache erörtern.«

Koch murmelte etwas Unverständliches und Brodersen vermutete, dass er mit Kolberg sprach.

Dann war er wieder deutlich zu vernehmen. »Eine Stunde. Dann können wir von hier verschwinden.«

Sie vereinbarten ein Treffen für vierzehn Uhr. Vielleicht würden sie bis dahin auch schon die ersten Ergebnisse der Gerichtsmedizin vorliegen haben.

Brodersen beendete das Gespräch und legte auf. Wieder trat ihm kalter Schweiß auf die Stirn. Außerdem begann sein Hals zu schmerzen.

Verdammter Mist, dachte er. Eine Grippe ist das Letzte, das ich jetzt brauchen kann.

3. Kapitel

Punkt vierzehn Uhr betrat Brodersen das Versammlungszimmer. Dichter Zigarettenqualm lag in der Luft. Koch und Schober standen am geschlossenen Fenster und rauchten. Brodersen bemerkte einen aufkommenden Hustenreiz, versuchte aber, ihn zu unterdrücken. Er zog seinen Stuhl heran und setzte sich. Ihm gegenüber hatte Kolberg sich platziert und kritzelte etwas in sein Notizbuch. Niemand schien sich um Brodersens Auftauchen zu scheren. Gronau, der links von ihm saß, blätterte in einer Computerzeitschrift.

Brodersen ließ seine flache Hand auf die Tischplatte krachen. Das Gemurmel verstummte.

»Können wir anfangen?«, fragte er gereizt.

Die Männer setzten sich. Gronau legte seine Zeitschrift beiseite. Dann starrten sie Brodersen an.

»Was haben wir?«, begann er. »Einen toten Staatsanwalt namens Theo Drigalsky, sechsunddreißig Jahre alt, ledig.« Er blickte auf den Computerausdruck, der vor ihm lag und den er erst kurz vor Beginn des Treffens von Gronau erhalten hatte. »Wohnhaft Sigismundkorso 93 in Berlin-Frohnau.«

Koch pfiff leise durch die Zähne. »Teure Gegend.«

Brodersen ließ sich nicht beirren. »Drigalskys Leiche wird gegen sechs gefunden. Die Zunge fehlt. Das sind die Fakten, die mir bisher bekannt sind.« Er blickte zu Kolberg. »Was hast du noch in petto?«

Klaus Kolberg räusperte sich. »Ohne dem Ergebnis der Obduktion vorgreifen zu wollen, können wir wohl davon ausgehen, dass Drigalsky mit einem stumpfen Gegenstand erschlagen worden ist. Und zwar genau dort, wo seine Leiche gefunden wurde – direkt vor seiner Bürotür.«

»Vielleicht hat jemand angeklopft und zugeschlagen als Drigalsky öffnete«, mischte sich Gronau ein.

Kolberg nickte. »Möglich. Aber nicht sicher.«

Brodersen merkte, wie seine Kopfschmerzen zurückkamen. Die Wirkung der Schmerztablette schien nachzulassen. Außerdem fror er. »Hast du mal in sein Büro geschaut. Ich meine, konntest du darin irgendwelche Spuren finden. Dass jemand etwas durchwühlt hat oder so?«

Kolberg schüttelte den Kopf. »Wir haben sein Zimmer natürlich inspiziert. Es gibt keinerlei Hinweise auf fremde Zugriffe. Auf seinem Schreibtisch lag eine aufgeschlagene Akte. An der hat er wohl gearbeitet, bevor er erschlagen worden ist.«

»Irgendein brisanter Fall?«

»Eigentlich nicht. Soviel ich auf die Schnelle überblicken konnte, ging es um einen Bankraub. Sah jedenfalls nicht dramatisch aus. Der Beschuldigte war ein Einzeltäter und sitzt zur Zeit in Untersuchungshaft.«

Brodersen nieste. Dann schnäuzte er sich. »Also können wir wohl davon ausgehen, dass der Fall, an dem er gerade arbeitete, nichts mit seinem Tod zu tun hat.«

»Würde ich sagen.«

Brodersen überlegte einen Augenblick. »Ich denke, dann sollten wir uns zunächst auf das private Umfeld von Drigalsky konzentrieren. Vielleicht war er in irgendwelche illegalen Geschäfte verstrickt. Irgendeinen Sinn muss die herausgetrennte Zunge doch haben. Vielleicht handelt es sich um einen Hinweis oder eine Warnung für andere.«

Koch und Kolberg stimmten zu.

Dann meldete Gronau sich zu Wort. Jürgen Gronau war in ihrer Abteilung für alles zuständig, was mit Computern zu tun hatte. Das war sein Steckenpferd, mit dem er sich besser auskannte als alle anderen. »Ich werde mal prüfen, was ich über Theo Drigalsky in unseren Dateien finde. Vielleicht haben wir ja was gespeichert.«

Brodersen nickte. »Mach das. Im Übrigen halte ich es für vernünftig, der Presse so wenig wie möglich über diesen Fall zu erzählen. Ganz werden wir es wohl nicht vermeiden können, aber wir müssen unsere Auskünfte auf ein Mindestmaß beschränken. Vor allem die Sache mit der Zunge sollten wir für uns behalten.«

Niemand widersprach.

Brodersen blickte in die Runde. Keiner schien den Wunsch zu verspüren, noch etwas zu sagen. Anscheinend gab es keine offenen Fragen mehr.

Er erhob sich zum Zeichen, dass die Versammlung beendet war. Morgen um dieselbe Zeit würden sie erneut zusammenkommen. Bis dahin würden wohl auch die Ergebnisse der Gerichtsmedizin vorliegen.

Brodersen schlich über den Flur zu seinem Büro. Die Kopfschmerzen waren mittlerweile unerträglich geworden. Er schluckte zwei weitere Schmerztabletten. Dann rief er Wieschalla an und meldete sich ab. Der Chef war nicht begeistert, aber Brodersen konnte es nicht ändern. Im Hof stand sein Wagen. Als er die Ausfahrt passierte, ließen die Kopfschmerzen etwas nach.

Vierzig Minuten später erreichte er sein Reihenhaus in der Weißenseer Siedlung Blumenwinkel. Er parkte den Volvo in der Einfahrt und schleppte sich zur Tür.

Er war fix und fertig. Den Wagenschlüssel warf er auf die Kommode im Flur und legte sich anschließend sofort ins Bett. Auf das Fiebermessen verzichtete er. Er wusste auch so, dass die Temperatur sehr hoch sein würde.

Gegen zwanzig Uhr erwachte er. Die Kopfschmerzen waren weg. Dafür brannte sein Hals. Er setzte sich im Bett auf und versuchte, seinen Traum zu rekonstruieren. Koch war darin vorgekommen. Sie hatten neben dem toten Drigalsky gestanden und sich gestritten. Aber Brodersen erinnerte sich schon nicht mehr, um was es gegangen war.

Er kroch aus dem Bett und schlich in die Küche. Dort setzte er Wasser auf und kochte Tee.

Während er darauf wartete, dass das Getränk abkühlte, zog er sich an. Dabei fiel ihm die Sache mit der Manipulation am Hinterausgang des Kriminalgerichts ein. Kolberg hatte nichts über Fingerabdrücke gesagt. Sie würden die Stelle doch darauf überprüft haben? Mitten in seine Überlegungen klingelte das Telefon. Fluchend nahm er ab.

»Ich glaube, du solltest herkommen«, hörte er Kochs Stimme. »Wir haben etwas Merkwürdiges entdeckt.«

»Wo seid ihr?«

»Sigismundkorso 93. In Drigalskys Haus.«

Brodersen knurrte unwillig. Dann versprach er, sich auf den Weg zu machen. Aus seinem Küchenschrank kramte er eine Tüte Hustenbonbons hervor. Das Verfallsdatum war bereits überschritten, aber er glaubte nicht, dass der Verzehr ihm schaden würde. Dann trank er eine Tasse heißen Tee und schluckte abermals zwei Schmerztabletten. Im Flur schnappte er sich seine Jacke und löschte das Licht.

Als er das Haus verließ, war es halb neun. Der Himmel war bedeckt und es nieselte. Brodersen setzte sich in seinen Wagen und ließ den Motor an. Bevor er abfuhr, warf er einen Blick auf den Stadtplan. Der kürzeste Weg schien über Niederschönhausen und Glienicke zu führen.

Unterwegs dachte er an Kathrin. Vor fünf Wochen waren sie geschieden worden. Irgendwie verstand er noch immer nicht, warum sie ihn verlassen hatte. Seit ihrem Fortgang hatte er nur ein Verhältnis gehabt. Entgegen jeder Vernunft hatte er sich auf ein Abenteuer mit der Frau eines Ermordeten eingelassen. Ausgerechnet in einem Fall, in dem er die Ermittlungen leitete. Eigentlich war diese Beziehung nicht beendet, aber irgendwie machte Désirée sich in letzter Zeit rar. Sie sahen sich nur noch sporadisch und telefonierten kaum noch miteinander. Vielleicht lag es daran, dass er kaum mehr Zeit für sie gehabt hatte. Sein Beruf nahm ihn voll in Anspruch, es blieb zu wenig Raum für Privates. Brodersen nahm sich vor, Désirée einfach zu vergessen. Es schien ohnehin keine Zukunft für sie beide zu geben.

Kurz vor einundzwanzig Uhr erreichte er die noble Villengegend in Frohnau.

Wer hier wohnt, gehört gewiss nicht zu den Armen, dachte er.

Nach kurzem Suchen erspähte er Kochs Privatwagen. Der silberne Citroën C 5 stand direkt unter einer echten Altberliner Gaslaterne. Brodersen parkte dahinter. Er stellte den Motor ab und stieg aus. Der Nieselregen war stärker geworden und er zog den Reißverschluss seiner Windjacke bis zum Kragen.

Das Haus Sigismundkorso 93 war ein Ziegelbau mit breiten Panoramafenstern und einem blau gedeckten Dach. Ein gepflegter Vorgarten umgab das Gebäude. Brodersen öffnete das Gartentor und betrat das Grundstück. Neben der Haustür befand sich eine Klingel. *T. Drigalsky* war in das zugehörige Namensschild aus Messing eingraviert.

Er klingelte.

Nach wenigen Augenblicken erschien hinter der Riffelglasscheibe der Tür eine Gestalt.

Kolberg, dachte Brodersen. Das ist ohne Zweifel Klaus Kolberg. Leicht untersetzt und mit welligem Haar. Im Profil war er ausgezeichnet zu erkennen.

Kolberg öffnete. Er ließ Brodersen herein und wies in den hinteren Bereich des Hauses. »Koch ist in Drigalskys Arbeitszimmer. Es gibt interessante Neuigkeiten.«

Brodersen schaute sich um. Alles machte einen gediegenen Eindruck. An den Wänden im Flur hingen Gemälde, bei denen es sich höchstwahrscheinlich nicht um Reproduktionen handelte. Der Boden war mit hochwertigen Teppichen ausgelegt.

»Weißt du, wer hier ganz in der Nähe wohnt?«, fragte Kolberg begeistert.

Brodersen schüttelte den Kopf. »Keine Ahnung. Wer denn?«

»Reinhard Mey!«

Einen kurzen Moment musste Brodersen überlegen, wen Kolberg meinte. Dann fiel es ihm zwar wieder ein, aber Reinhard Mey hatte sicher nichts mit dem Mordfall Drigalsky zu tun und Brodersen konzentrierte sich wieder auf das Interieur der Villa des Ermordeten. Er fragte sich, wie Drigalsky sich derlei Luxus eigentlich hatte leisten können. Sicher waren die Bezüge eines Staatsanwaltes nicht gering; für das aber, was sich dem Betrachter hier darbot, reichten sie bei weitem nicht. Drigalsky musste also auf irgendeine andere Art und Weise zu Geld gekommen sein. Betrieb er eine lukrative Nebenbeschäftigung? Wir werden es herausfinden, dachte Brodersen. Dann fiel ihm sein Lottogewinn ein. Sein Drittel-Lottogewinn, wenn man es genau nahm. Vielleicht hatte Drigalsky auch im Lotto gewonnen. Oder in einem Spielkasino.

Am Ende des Flures sah Brodersen eine offene Tür, aus der Licht in den Korridor fiel. Das musste das Arbeitszimmer sein.

Als er den Raum betrat, staunte er nicht schlecht: Auch hier setzte sich der Luxus fort. Die Wände waren getäfelt und auf einem eleganten Schreibtisch stand eine antike Bankiersleuchte, die ein angenehmes grünes Licht verbreitete.

Koch begrüßte ihn und zeigte zu einer Computeranlage, die sich auf einem voluminösen Schreibtisch befand. »Das ist das Neueste vom Neuen. Gronau hätte seine helle Freude daran.«

Brodersen nickte. »Warum seid Ihr eigentlich hier? Vor allem, um diese Zeit?«

»In der Zentrale ist ein anonymer Anruf eingegangen. Wir sollen uns in Drigalskys Haus umsehen. Dann würden wir verstehen, warum er sterben musste.«

»Und warum erfahre ich das erst jetzt?«

»Hast du heute Nachmittag mal in den Spiegel geschaut? Bei unserer Zusammenkunft hast du ausgesehen wie der Tod auf Latschen. Wenn sich die Geschichte, die die Anruferin uns da aufgetischt hat, als haltlos herausgestellt hätte, wärst du völlig umsonst hergekommen.«

»Und?«

»Was und?«

»Na, anscheinend hat sich die Geschichte ja nicht als haltlos erwiesen, oder?«

Koch grinste. Dann ging er zu einem dunkelbraunen Wandschrank und öffnete die Türen.

Brodersen war ehrlich überrascht. Der Schrank war von oben bis unten voll mit Handfeuerwaffen. Pistolen, Karabiner, Trommelrevolver. Es mochten an die hundert Stück sein.

»Das Zeug ist ein Vermögen wert«, sagte Koch und zog einen Pappkarton aus einem der unteren Schrankregale. »Und hier findet man die passende Munition.«

»Was hat das zu bedeuten? War Drigalsky ein Waffennarr?«

Koch grinste. »Ich glaube, da steckt etwas anderes dahinter.«

Brodersen sah seinen Kollegen fragend an. »Was denn?«

Koch stellte den Pappkarton in das Regal zurück und ging dann zu Drigalskys Schreibtisch, der sich genau unter dem Fenster zum Garten befand. Er öffnete die Schreibtischschublade und zog eine blaue Mappe hervor. Er grinste und legte sie vor Brodersen auf den Tisch. »Sieh nach.«

Brodersen griff nach der Mappe. Er schlug den Deckel auf und zog einen Stapel Fotos im Format DIN A4 heraus. Außerdem lagen irgendwelche Lagepläne und Landkarten darin. Auf allen Fotografien war ein und dasselbe Motiv abgebildet, wenn auch aus unterschiedlichen Perspektiven.

Es dauerte einen Augenblick bis er realisiert hatte, was er da sah. Eine Gänsehaut überkam ihn.

Es schien doch mehr hinter Drigalskys Tod zu stecken, als sie zunächst vermutet hatten: Die Bilder zeigten eine Abschussrampe für Raketen.

4. Kapitel

Brodersen konnte nicht glauben, was sich ihm nach alldem aufdrängte. Sollte Staatsanwalt Theo Drigalsky tatsächlich in größere kriminelle Aktivitäten verstrickt gewesen sein?

»Es gibt zwei Möglichkeiten«, sagte Koch. »Entweder Drigalsky war ein Terrorist, oder er war ein Spion.«

Brodersen schüttelte heftig den Kopf. »Das passt doch alles nicht zusammen. Außerdem halte ich es für grundfalsch, irgendwelche voreiligen Schlüsse zu ziehen. Vielleicht gibt es ja eine ganz harmlose Erklärung ...«

Koch warf ihm einen spöttischen Blick zu. »Und wie soll die deiner Meinung nach aussehen?«

»Keine Ahnung. Aber es ist viel zu früh, nur aufgrund der hier aufgefundenen Gegenstände gleich wer-weiß-was zu vermuten. Im Übrigen könnte Drigalsky ja tatsächlich ein Faible für Waffen und sonstige Militaria gehabt haben.«

»Und was schlägst du vor, sollen wir tun?«

Brodersen merkte wieder, wie sehr ihn der Hals schmerzte. »Ruf Gronau an. Er soll zunächst mal prüfen, ob Drigalsky einen Waffenschein besaß. Und dann befragen wir seine Kollegen bei der Staatsanwaltschaft. Ob die was über derlei Interessen wissen.«

»Soll ich Oberstaatsanwalt Richartz anrufen? Der ist doch ohnehin für den Fall zuständig.«

Brodersen verzog das Gesicht zu einer undefinierbaren Grimasse. »Lass bloß Richartz aus dem Spiel!«

»Den magst du wohl nicht.«

Brodersen zuckte mit den Schultern. »Nicht besonders. Der Kerl ist ein arroganter Widerling. Fragen wir lieber Drigalskys unmittelbare Kollegen. Die werden ohnehin mehr über ihn wissen.«

Koch schaute auf die Uhr. Dann blickte er zu Brodersen. »Ich werde morgen um acht mit den Befragungen beginnen. Meinst du, dass du dabei sein kannst?«

Brodersen nickte. Sie beschlossen, sich direkt in der Turmstraße zu treffen. Dann verließ er Drigalskys Villa und fuhr nach Hause. Unterwegs fiel ihm ein, dass er vergessen hatte, Kolberg zu fragen, ob sie an einer der Hintertüren des Gebäudekomplexes Fingerabdrücke gefunden hätten. Kurz hinter Schildow hielt er an einer Bushaltestelle und holte sein Handy hervor.

Kolberg meldete sich fast unmittelbar. »Wir haben alles genauestens untersucht. Die Türen und den Bereich drum herum. Nichts. Keine Fingerabdrücke.«

»Aber irgendjemand muss doch heute früh die Türen aufgeschlossen haben, verdammt noch mal! Und irgendwer wird wohl durch diese Eingänge hereingekommen sein oder das Gebäude verlassen haben.«

»Das war auch mein erster Gedanke. Aber es gibt eine ganz einfache Erklärung: Die haben heute keinen der Nebeneingänge geöffnet. Als Drigalsky gefunden worden ist, hat der Geschäftsleiter angeordnet, dass alle Türen bis auf den Haupteingang geschlossen bleiben sollen. Ich habe selbst mit dem Mann gesprochen. Und wenn du mich fragst, fand ich seine Entscheidung auch ganz richtig.«

»Aber ist das nicht merkwürdig? Überhaupt keine Fingerabdrücke?«

»Wieso? Gestern zum Feierabend hat die Putzkolonne wie gewöhnlich alle Türen abgewischt. Kein Wunder also, dass wir nichts gefunden haben.«

Brodersen überlegte kurz. »Und die Manipulation an dem Schloss, von der Koch gesprochen hat?«

»Hat mir Hausmeister Gellert erklären können. Sie haben vor zwei Tagen mit etwas ungeeigneten Werkzeugen die Reste eines abgebrochenen Schlüssels aus dem Schließzylinder geholt.«

»So, so. Gellert. Na, dann können wir das also auch abhaken.«

»Sieht so aus.«

Brodersen bedankte sich bei Kolberg und beendete das Gespräch.

Viertel vor elf war er zu Hause, zog sich aus und legte sich sofort ins Bett. Hunger verspürte er keinen. Er steckte sich zwei Halsbonbons in den Mund und schloss die Augen. Noch ehe die Bonbons ihren Geschmack entfaltet hatten, war er eingeschlafen.

Um halb sechs riss ihn das nervige Gejaule eines Hundes aus dem Schlaf. Brodersen rollte sich aus dem Bett und schloss das Fenster. Sein Mund war trocken und er hatte einen ekligen Geschmack auf der Zunge. Die Halsschmerzen waren fort. Dafür war jetzt seine Nase verstopft. Im Bad trank er einen Schluck Wasser direkt aus dem Hahn. Dann legte er sich zurück ins Bett und versuchte noch eine Stunde zu schlafen, aber es gelang ihm nicht. Kurz vor sechs gab er schließlich auf und schlich in die Küche, kochte Kaffee und suchte im Küchenschrank nach etwas Essbarem.

Um sieben verließ er das Haus. Der Regen hatte aufgehört und die Sonne brach langsam durch den Hochnebel.

Nachdem er auf die Romain-Rolland-Straße gebogen war, wunderte er sich, dass der sonst unumgängliche Stau heute nicht vorhanden war. Als er die Kreuzung an der Heinersdorfer Kirche erreichte, wusste er warum: Die Ampelanlage war ausgefallen. Er hatte es schon ein paarmal erlebt und es war ihm ein Rätsel, weshalb der Verkehr ohne Ampelregelung flüssiger lief als mit. Was hatte die Ampel dann für einen Sinn?

Während der weiteren Fahrt überlegte er, was hinter den Merkwürdigkeiten stecken könne, auf die sie gestern in Drigalskys Haus gestoßen waren. War der Mann wirklich kriminell? Ein krimineller Staatsanwalt? Es war schwer vorstellbar. Aber unmöglich war es nicht.

Als Brodersen das Kriminalgericht erreicht hatte, fand er nur mit Mühe einen Parkplatz. Er musste eine halbe Ewigkeit laufen, um zum Haupteingang zu gelangen. Schon von weitem sah er Koch, der vor der Tür stand und demonstrativ auf seine Armbanduhr schaute.

»Es ist noch nicht acht«, knirschte Brodersen bei der Begrüßung. »Hier einen Parkplatz zu finden, gleicht der berühmten Stecknadelsuche im Heuhaufen.«

Koch grinste. »Hab dich schon gesehen, als du vorbeigefahren bist. Manchmal braucht man nur ein bisschen Glück, um zur rechten Zeit am rechten Ort zu sein.« Noch immer grinsend wies er auf seinen Citroën, der direkt vor dem Portal stand.

Brodersen winkte ab. Dann betraten sie das Gebäude. Den Weg zu Drigalskys Büro fanden sie diesmal problemlos. Koch zog den Zimmerschlüssel aus der Tasche, riss das Siegelband des LKA vom Schlüsselloch und öffnete die Tür. Schweigend betraten sie den Raum.

Koch machte sich sofort daran, die Ermittlungsakten zu lesen, die sich in Drigalskys Büro befanden und Brodersen zog die Schreibtischschubladen auf und sah hinein. Außer ein paar Kugelschreibern und jeder Menge Vordrucke fand er einen Wegwerfrasierer und eine Flasche Sagrotanspray zur Handdesinfektion. Als er gewohnheitsmäßig einen Blick unter Drigalskys Schreibtisch warf, entdeckte er einen weißen Briefumschlag, der unter den Rollcontainer gerutscht war. Anscheinend war er auf seinem Flug in den Papierkorb dort gelandet. Brodersen kniete nieder und zog den Umschlag hervor. Er war leer. Im Freistempelbereich fand sich neben der Frankierung und dem Datumsstempel der Absender: *Embassy of Canada – Immigration-Office*. Das Einwanderungsbüro der kanadischen Botschaft also. Was konnte das bedeuten? Wollte Drigalsky auswandern? Sich absetzen? Oder war der Brief gar nicht an ihn gerichtet gewesen? Da es sich um einen Fensterumschlag handelte, ließ sich der Empfänger ohne das zugehörige Schriftstück nicht mehr ermitteln.

Brodersen dachte einen Augenblick lang nach. War es überhaupt wichtig, diese Frage zu klären? Er rieb sich über die Augen. Natürlich war es wichtig. Solange sie weder einen Täter noch ein Motiv für die Tat hatten, war alles wichtig.

»Schau dir das mal an«, sagte er zu Koch und hielt ihm den Umschlag unter die Nase.

»Von der kanadischen Botschaft. Na und?«

Brodersen zog ein Taschentuch aus seiner Hose und schnäuzte sich. »Vielleicht hat es was mit den Waffen und den Militärunterlagen zu tun, die wir gestern Abend gefunden haben.«

»Vielleicht. Aber es kann sich genauso gut um einen dienstlichen Brief handeln, oder?«

Brodersen nickte nachdenklich. Dann setzte er sich an Drigalskys Schreibtisch und rief Gronau im Präsidium an. In knappen Worten erläuterte er seine Entdeckung. »Vielleicht ist es völlig unbedeutend, aber genau das will ich sicher wissen.«

Gronau pflichtete ihm bei. »Und du sagst, das Ding lag unter seinem Schreibtisch?«

»Ja. Aber der Brief kann natürlich auch an jemand ganz anderen gerichtet gewesen sein. Es kann sich auch um Dienstpost handeln. Hast du eine Idee, wie wir das klären können?«

»Das ist kein Problem. Schau mal auf dem Umschlag nach. Im unteren Bereich müsste sich eine aufgedruckte orangefarbene Markierung befinden.«

Brodersen betrachtete das Kuvert. »So eine Art Strichcode?«

»Genau. Den bringt die Post nach der Einlieferung auf jedem Brief an, um die Sortierung zu automatisieren. Der Code enthält die genaue Adresse des Empfängers.«

Brodersen war beeindruckt. Er hatte keine Ahnung gehabt, das so etwas möglich war. »Kannst du veranlassen, dass der Empfänger ermittelt wird?«

»Kein Problem. Bring den Umschlag einfach mit.«

»Fein. Dann bis nachher.« Er legte auf.

Dann blickte er zu Koch hinüber. Der saß noch immer über die roten Strafakten gebeugt und las. »Wir sollten mit der Befragung von Drigalskys Kollegen beginnen«.

Koch seufzte und klappte die Akte zu, die zu oberst auf einem riesigen Stapel lag. »Hier scheint auch nichts Interessantes dabei zu sein.«

Brodersen erhob sich und bedeutete seinem Kollegen, dass die Untersuchungen in Drigalskys Zimmer zunächst beendet waren.

Sie verließen das Büro und schlossen ab. Das Siegel brachten sie nicht mehr an. Es bestand ohnehin kaum eine Chance, hier noch etwas Brauchbares zu finden. Überdies würden die Akten, die in Drigalskys Zimmer lagen, sicher bald gebraucht.

»Wollen wir hier beginnen?« Koch wies auf eine Tür, an der ein Namensschild mit der Aufschrift *Kolm* befestigt war.

Brodersen zuckte mit den Schultern. »Warum nicht. Beginnen wir hier.«

Oberstaatsanwalt Zacharias Kolm erwies sich als äußerst angenehmer Gesprächspartner. Der grauhaarige Mann war seit fast dreißig Jahren bei der Staatsanwaltschaft Berlin und kannte Drigalsky seit dessen Dienstantritt. Darüber hinaus war Kolm ein überaus scharfsinniger Beobachter, wie sie bereits nach wenigen Minuten erfreut festgestellten. Von irgendwelchen Waffengeschäften wusste Kolm nichts. Nach seiner Schilderung war Drigalsky eher ein Einzelgänger, der nicht viel über sich erzählte.

»Theo war ein verschlossener Mensch«, sagte Kolm. »Es war nicht immer ganz leicht, mit ihm auszukommen.«

Brodersen nickte. »Könnten Sie sich vorstellen, dass er in irgendwelche illegalen Aktionen verwickelt gewesen war?«

»Theo? Nein, das glaube ich nicht. Da war er nicht der Typ für. Immer korrekt, immer pflichtgetreu. Verschlossen und ein wenig eigenbrötlerisch war er wohl, aber bestimmt nicht kriminell.«

»Was macht Sie da so sicher?«, ergriff Koch das Wort. »Wenn er, wie Sie es nennen, eigenbrötlerisch war, so ist es doch durchaus vorstellbar, dass er private Geheimnisse hatte.«

Zacharias Kolm hob die Augenbrauen. »Theoretisch mag Ihre Überlegung vielleicht stimmen. Aber praktisch? Nein, glauben Sie mir, Theo Drigalsky war nicht kriminell.«

»Gut«, sagte Brodersen und erhob sich. »Dann danken wir Ihnen einstweilen. Sollten wir weitere Fragen haben, werden wir nochmals an Sie herantreten.«

»Jederzeit gern«, sagte Kolm und reichte den beiden Kriminalbeamten zum Abschied die Hand.

Als sie wieder auf dem Flur standen, überkam Brodersen ein starker Niesreiz. Außerdem bemerkte er, dass sich erneut Kopfschmerzen einstellten.

»Dich scheint es ja wirklich voll erwischt zu haben«, sagte Koch. »Soll ich hier alleine weitermachen?«

Brodersen nickte dankbar. »Das wäre gut. Ich fahre ins Präsidium und rede mit Kolberg. Die Obduktionsberichte müssten eigentlich schon da sein.«

Koch stimmte zu und sie vereinbarten, sich zu gewohnter Stunde um vierzehn Uhr im Besprechungszimmer zusammenzufinden. Viel war es nicht, was sie wussten, und irgendwie schien es, als hätten sich eher mehr Fragen aufgetan, als sie Antworten gefunden hatten.

Als Brodersen das Kriminalgericht verlassen hatte und zu seinem Auto lief, kam er an einem Zeitungsladen vorbei. Er warf einen kurzen Blick auf die ausliegenden Tageszeitungen und erschrak. *Tod im Gericht* prangte in fetten Lettern auf der ersten Seite eines Boulevardblattes. Darunter stand nur unwesentlich kleiner: *Staatsanwalt tot – Zunge weg!*

Verdammt, dachte Brodersen. Welcher Idiot hat das an die Presse gegeben?

Wütend riss er ein Exemplar des bunten Blattes aus dem Ständer und warf dem Verkäufer fünfzig Cent auf den Tresen.

Eine halbe Stunde später war er in der Keithstraße. Ohne anzuklopfen stürmte er in das Büro seines Chefs. Kriminaloberrat Wieschalla saß vor einem dicken Aktenstapel und zuckte merklich zusammen, als Brodersen hereinpolterte und ihm die Zeitung auf den Schreibtisch knallte.

»Was hat das hier bitte zu bedeuten?«

Wieschalla streckte seinen Arm vor und zog die Zeitung heran. »Können Sie mir zunächst mal erklären, was in Sie gefahren ist, hier einfach so hereinzustürmen und mich anzubrüllen?«

Brodersen holte tief Luft. Dann zählte er im Stillen bis vier und murmelte anschließend ein paar Worte des Bedauerns.

Wieschalla wies auf den Besucherstuhl und bedeutete Brodersen, sich zu setzen. »Ich habe gestern Abend eine Pressemeldung herausgegeben. Wie bei solch brisanten Fällen üblich. Im Übrigen hat mich Oberstaatsanwalt Richartz darum gebeten, die Presse in Kenntnis zu setzen, um jeglichen Spekulationen vorzubeugen.«

»Was denn für Spekulationen?«

Wieschalla zuckte mit den Achseln. »Wer weiß? Die Journalisten saugen sich doch sonst was aus den Fingern. Ein toter Staatsanwalt, ermordet im Kriminalgericht! Das ist doch eine Sensation ...«

Brodersens Kopf dröhnte immer mehr. »Aber die Sache mit der Zunge hätte man wirklich geheim halten können.«

»Vielleicht hätte man das. Aber Oberstaatsanwalt Richartz hat die Veröffentlichung dieses Umstandes damit begründet, dass schon viel zu viele Leute aus dem Gericht davon Wind bekommen haben. Wenn da einer zur Presse rennt, heißt es doch gleich, wir würden Informationen unterdrücken.«

»Manchmal muss man das«, knirschte Brodersen.

»Ja, ja, aus ermittlungstechnischen Gründen, ich weiß. Dennoch. Weisung ist Weisung.«

Brodersen nickte hart. Dann erhob er sich. »Ich hoffe, es war kein Fehler.«

Der Kriminaloberrat zuckte erneut mit den Achseln.

Brodersens Blick fiel auf die Zeitung. Er ergriff sie, verabschiedete sich von Wieschalla und verließ dessen Büro.

Als die Ermittlungsgruppe um vierzehn Uhr zusammentraf, waren Brodersens Kopfschmerzen so stark geworden, dass er glaubte, ihm platze der Schädel. Die zwei Schmerztabletten, die er eine halbe Stunde zuvor eingenommen hatte, waren so gut wie ohne Wirkung geblieben. Außerdem war seine Nase verstopft.

Kolberg hatte ihm vor wenigen Minuten mitgeteilt, dass der Bericht der Gerichtsmedizin nunmehr vorläge. Brodersen bat ihn daher zunächst darum, die Ergebnisse zusammenzufassen.

»Nach den Untersuchungen der Pathologie steht außer Frage, dass Drigalsky mit einem stumpfen Gegenstand erschlagen worden ist. Es war nur ein einziger Schlag auf den Hinterkopf. Der allerdings führte unmittelbar zum Tod. Die Zunge wurde anschließend herausgetrennt, das heißt, nachdem Drigalsky erschlagen worden war.«

Brodersen verzog das Gesicht. »Weiß man, womit die Zunge abgeschnitten wurde?«

»Dieser Umstand ist sehr interessant. Es steht fest, dass Drigalskys Zunge mit einer unscharfen Haushaltsschere abgetrennt worden ist. Das halte ich doch für außergewöhnlich.«

Brodersen überkam ein Anflug von Übelkeit. »Eine solche Widerwärtigkeit ist bislang wohl noch nicht vorgekommen. Wenn ich an ähnlich gelagerte Fälle denke, wurde ausnahmslos ein scharfes Messer oder ein Skalpell verwendet ...«

Kolberg nickte. »Genau. Es ist ebenso verrückt wie pervers.«

»Vielleicht hatte der Täter überhaupt nicht geplant, Drigalsky die Zunge abzuschneiden«, gab Koch zu bedenken. »Möglicherweise hat er sich die Schere aus irgendeinem Büro im Kriminalgericht besorgt.«

»Das wäre eine Erklärung«, entgegnete Brodersen. »Aber es wird nicht leicht feststellbar sein. Es sei denn, jemand von den Bediensteten vermisst seine Schere seit gestern. Und selbst dann bleibt die Möglichkeit, dass er sie nur verlegt hat.«

»Und wenn es doch einer von den Mitarbeitern war? Vielleicht doch dieser Wachtmeister, dieser Freese?«

Brodersen schüttelte den Kopf. »Freese schließe ich aus. Und von den anderen? Ich weiß nicht, alles ist möglich.«

»Ich werde mich auf jeden Fall noch einmal unter den Mitarbeitern umhören«, sagte Koch. »Vielleicht ergibt sich doch etwas.«

Brodersen nickte. Dann berichtete er von seinem Fund unter Drigalskys Schreibtisch und gab Gronau den Briefumschlag.

»Warum rufen wir nicht bei der kanadischen Botschaft an und fragen, ob die was mit Drigalsky zu tun haben«, fragte Kolberg.

»Weil ich nicht will, dass noch mehr Staub aufgewirbelt wird«, gab Brodersen zurück. »Wir müssen äußerst diskret vorgehen. Dass der Fall schon in der Presse steht, ist schlimm genug.«

Kolberg nickte. Dann verlas er einige Details des Obduktionsberichtes, die jedoch keine neuen Erkenntnisse brachten. Als Brodersen merkte, dass ihm wieder der Schweiß ausbrach, entschied er sich, die Sitzung möglichst schnell zu beenden. Heute war Freitag und das Pfingstfest stand vor der Tür.

Es wird das Beste sein, wenn ich drei Tage zu Hause bleibe und versuche, wieder auf die Beine zu kommen, dachte er.

Im Grunde brannte in der Drigalsky-Sache nichts an. Die normalen Ermittlungen würden auch ohne ihn weiterlaufen. Und am Dienstag würde man vielleicht schon schlauer sein.

Gerade als Brodersen das Treffen auflösen wollte, klingelte Gronaus Handy.

Es war nur ein kurzes Gespräch. Anschließend blickte Gronau in die Runde. »Das war Buschhorn vom Waffenscheinregister. Drigalsky war nicht im Besitz eines Waffenscheines.«

Brodersen nickte. »Dann wäre auch das geklärt. Der Herr Staatsanwalt war wohl doch nicht ein so gesetzestreuer Zeitgenosse, wie seine Kollegen es uns weismachen wollen. Warten wir ab, was die Sache mit der kanadischen Botschaft ergibt.«

Da niemand etwas hinzufügte, erhob sich Brodersen und wünschte allen ein frohes Pfingstfest.

In seinem Dienstzimmer nahm er eine weitere Kopfschmerztablette.

Um halb vier verließ er schließlich das Präsidium des Landeskriminalamtes und fuhr nach Hause. Unterwegs hielt er bei einem Supermarkt und kaufte sich ein Suppenhuhn. Eine fette Hühnerbrühe war das Einzige, auf das er einigermaßen Appetit verspürte, außerdem sollte diese ja laut den Weisheiten der Regenbogenpresse bei Halsentzündungen helfen.

Nachdem er sich durch den Feierabendverkehr gekämpft hatte, war er kurz vor fünf endlich zu Hause. Er wusch sich die Hände, warf das Suppenhuhn in den Kühlschrank und legte sich ins Bett.

Keine fünf Minuten später war er eingeschlafen.

Am Samstagnachmittag fühlte Brodersen sich etwas besser. Die letzten vierundzwanzig Stunden hatte er so gut wie ununterbrochen im Bett verbracht. Das Fieber war in der Nacht bis über neununddreißig Grad angestiegen und hatte erst jetzt wieder Werte um siebenunddreißig erreicht. Gegessen hatte er fast nichts. Das Huhn zuzubereiten war ihm zu beschwerlich. Ab und an hatte er einen Zwieback vertilgt, ansonsten nichts.

Gegen sechzehn Uhr verspürte er plötzlich Appetit. Er schlich in die Küche und öffnete den Kühlschrank. Im Eisfach fand er eine tiefgefrorene Pizza, die er aus der Verpackung pulte. Als er gerade damit beschäftigt war, die Zubereitungshinweise zu lesen, klingelte irgendwo sein Telefon. Fluchend begann er zu überlegen, wo er es hingelegt hatte. Seit er sich vor einigen Wochen ein schnurloses Gerät zugelegt hatte, war er ständig auf der Suche nach dem Mobilteil. Das Geklingel führte ihn zum Fensterbrett im Badezimmer. Hastig drückte er auf den Gesprächsannahmeknopf.

»Brodersen.«

»Koch hier. Wie geht's?«

»Ich habe Hunger.«

»Da ist ein gutes Zeichen.«

»Hoffentlich.«

»Ich rufe an, weil es eine Neuigkeit in unserem Fall gibt.«

Brodersen merkte auf. »Und die wäre?«

»Ein gewisser Thiermann hat bei uns angerufen. Kriminaloberkommissar beim sächsischen LKA. Die haben heute Vormittag einen Anruf von einem Gastwirt irgendwo aus der Provinz erhalten. Der Mann hat einen anonymen Brief bekommen. Rate mal, was drin war.«

»Keine Ahnung. Sag's mir.«

»Eine abgeschnittene Zunge.«

5. Kapitel

Brodersen wunderte sich darüber, dass ihn die Neuigkeit nicht sonderlich überraschte: Ich stumpfe ab, dachte er. Vielleicht aber liegt es auch daran, dass dieser ganze Fall so merkwürdig ist, dass mich eben nichts mehr in Erstaunen versetzt. »Wie hoch ist die Wahrscheinlichkeit, dass die Zunge von Drigalsky stammt?«

»Ziemlich hoch. Thiermann meint, der Brief sei gestern vom Briefzentrum 13 abgestempelt worden. Das ist eindeutig Berlin.«

»Woher wissen die beim LKA Sachsen überhaupt von der Sache?«

»Durch die Presse. Der Fall wurde ja in allen Medien breitgetreten.«

Brodersen nickte in das Mobilteil. »Dann hatte das wenigstens etwas Gutes. Wissen wir, wer dieser Gastwirt ist?«

»Warte mal ...«, aus dem Hörer war das Rascheln von Papier zu vernehmen, »... der Mann heißt Dehnert. Wirt des Gasthofes *Bergmühle* in einem Ort namens Lichtenhain.«

»Es wird wohl das Beste sein, wenn ich selbst mit dem Mann spreche.« Brodersen ließ sich Thiermanns Nummer geben und rief sofort beim sächsischen LKA in Dresden an.

Am anderen Ende wurde fast unmittelbar abgenommen. Thiermann war selbst am Apparat.

Brodersen stellte sich vor und sie vereinbarten für den nächsten Tag um neun ein Treffen in Dresden. Der sächsische Kollege schlug vor, den Wirt gemeinsam aufzusuchen, und Brodersen willigte ein.

Nachdem er das Telefonat beendet hatte, wunderte er sich über die Hitze in seiner Küche. Dann fiel sein Blick auf den Backofen, den er für die Pizza vorgeheizt hatte. Die Tür der Backröhre stand offen. Fluchend schaltete er das Gerät ab und öffnete das Fenster. Der Hunger war ihm vergangen.

Am nächsten Tag verließ Brodersen kurz vor sechs sein Haus. Er startete den Volvo und fuhr in Richtung Pankow. Auf den Straßen herrschte kaum Verkehr. Obwohl die Ampel an der Heinersdorfer Kirche wieder funktionierte, gab es keinen Stau und er konnte die Kreuzung ohne Stopp passieren. Pfingstsonntag, dachte er. Wer war da schon unterwegs?

Nach weniger als zehn Minuten war er auf der Autobahn. Wenn alles klappte, würde er Dresden in zwei Stunden erreicht haben. Er war gespannt, was die Befragung dieses Gastwirtes bringen würde.

Fakt war: Ein Staatsanwalt wird in der Nacht vor seinem Büro erschlagen. Der Täter trennt ihm mit einer Schere die Zunge heraus und schickt sie an einen Gastwirt in Sachsen. Der Tote scheint in dubiose Geschäfte verwickelt zu sein, in denen Waffen und Pläne von Raketenabschussrampen eine Rolle spielen. War der Mann ein Spion?

Kurz vor halb neun erreichte er die Dresdner Stadtgrenze. An einem Schnellimbiss hielt er und bestellte sich einen Kaffee und ein Croissant. Punkt neun Uhr war er am verabredeten Treffpunkt auf dem Parkplatz hinter dem Bahnhof Dresden-Neustadt.

Ein jüngerer Mann mit blonden Stoppelhaaren und schwarzer Lederjacke kam auf ihn zu. »Thiermann«, sagte er. »Sie müssen Herr Brodersen sein.«

»Werner«, entgegnete Brodersen und reichte Thiermann die Hand.

»Prima. Ich heiße Michael. Wollen wir uns gleich auf den Weg machen?« Thiermann wies auf einen weinroten Opel Vectra und Brodersen nickte. Es war ihm recht, seinen Volvo stehen lassen zu können und nicht selbst fahren zu müssen. Sein Gesundheitszustand hatte sich zwar deutlich gebessert, aber müde war er noch immer.

Unterwegs berichtete er ausführlich vom vorliegenden Fall. Als er geendet hatte, erläuterte Thiermann, was er und seine Leute bislang über den mysteriösen Brief herausgefunden hatten. Viel war es nicht. Der Brief stammte mit hoher Wahrscheinlichkeit aus Berlin. Einen Absender trug er nicht. Auch war außer der Zunge nichts weiter in dem Umschlag gewesen. Kein Schreiben, kein Zettel, nichts. Brauchbare Fingerabdrücke gab es keine. Die Anschrift war mit einer Schreibmaschine geschrieben. Einer mechanischen Schreibmaschine, wie Thiermann ergänzte. Soviel könne man bereits sicher sagen.

Kurz vor zehn waren sie am Ziel, dem Gasthof *Bergmühle*. Das Gebäude schien ehemals ein alter Bauernhof gewesen zu sein, der komplett modernisiert worden war. Ein Fachwerkbau mit grünen Fensterläden und blauen Dachziegeln.

Brodersen war ausgestiegen und einige Schritte auf einen Hang zugegangen. Die Aussicht beeindruckte ihn. In der Ferne sah man das Bergpanorama einer Felsenkette.

»Die Schrammsteine«, erklärte Thiermann, der Brodersen gefolgt war. »Ein beliebtes Wander- und Klettergebiet.«

Brodersen atmete tief ein. Die Luft war feucht und würzig. Ganz anders als in Berlin, dachte er. Ich sollte den Fall Drigalsky vergessen und hier eine Woche Urlaub machen. Den ganzen Kram einfach hinschmeißen.

Dann wandte er seinen Blick von den Bergen ab und wies auf den Gasthof. »Sprechen wir mit Dehnert.«

Als sie die *Bergmühle* betreten hatten, kam ihnen eine ältere Frau entgegen und fragte, womit sie dienen könne.

»Wir möchten zu Herrn Dehnert«, ergriff Thiermann das Wort und hielt der Frau seinen Dienstausweis hin.

Das liebenswürdige Gesicht der Dame verlor sein Lächeln. Sie nickte. Dann drehte sie sich um und verließ das Foyer durch eine Seitentür.

»Was mag hier ein Zimmer kosten?«, fragte Brodersen seinen sächsischen Kollegen beiläufig.

Thiermann grinste und beugte sich über den Rezeptionstresen. »Fünfunddreißig Euro die Nacht.«

Die Tür, durch die die Frau eben verschwunden war, wurde geöffnet und ein grauhaariger Mann erschien, der für Brodersen die klassische Verkörperung eines Gastwirtes darstellte. Er trug ein Holzfällerhemd und hatte eine lederne Halbschürze umgebunden.

Irgendwie passt er genau zu seinem Gasthof, dachte Brodersen.

»Dehnert«, sagte der Mann und reichte den beiden Kriminalbeamten seine fleischige Hand.

Wiederum war es Thiermann, der das Wort ergriff und sie vorstellte. Brodersen war als Kriminalhauptkommissar zwar der Ranghöhere, aber schließlich befand sich Thiermann hier auf heimischem Gebiet.

Der Wirt bat sie in ein Nebenzimmer. Es war ein kleiner Gastraum mit nur drei Tischen. An den Wänden hingen Geweihe und Jagdhörner. Schweigend wies der Wirt auf einen der Tische und bedeutete ihnen, Platz zu nehmen.

Thiermann zündete sich eine Zigarette an und nahm einen tiefen Zug. Dann schaute er den Wirt forschend an.

»Sie wissen, weshalb wir hier sind?«

Dehnert nickte. »Natürlich.«

»Schön. Dann erzählen Sie uns mal, in welchem Verhältnis Sie zu Theo Drigalsky standen.«

Der dicke Wirt öffnete den obersten Knopf seines Hemdes, ehe er antwortete. »Er hat vor einem guten halben Jahr hier eine Woche Urlaub gemacht. Es war Mitte Dezember. Als wir viel Schnee hatten.«

»Und sonst? Gab es weitere Kontakte?«

»Nein.«

»Wie erklären Sie sich dann, dass man Ihnen die Zunge geschickt hat?«

Auf Dehnerts Gesicht bildeten sich Schweißtropfen. »Keine Ahnung, was das soll. Ich habe den Mann nie wiedergesehen.«

Irgendetwas muss während Drigalskys Aufenthalt in der *Bergmühle* passiert sein, dachte Brodersen. Irgendetwas, zu dem Dehnert in Verbindung steht.

Thiermann drückte seine halb aufgerauchte Zigarette in den Ascher. Dann schlug er mit der flachen Hand auf die Tischplatte. »Für wie dumm halten Sie uns, Herr Dehnert? Die Geschichte von dem stinknormalen Urlaubsgast nimmt Ihnen doch keiner ab. Also, noch einmal: Was war zwischen Ihnen und Drigalsky?«

Dehnert saß mit weit aufgerissenen Augen am Tisch und starrte vor sich hin. »Glauben Sie mir doch«, sagte er flüsternd, »ich habe Drigalsky nie mehr wiedergesehen.«

Thiermann rückte dicht an Dehnert heran. »Wir können auch anders, Herr Dehnert. Wir können Sie beispielsweise verhaften und gleich mitnehmen. Ich könnte Sie auch nach Bautzen bringen. In die U-Haftanstalt. Vielleicht fällt Ihnen dort ein, was Sie noch über Drigalsky wissen ...«

Brodersen hatte das Vorgehen Thiermanns und dessen gekonnte Rhetorik aufmerksam verfolgt. Gleichzeitig hatte er die Reaktionen Dehnerts beobachtet. Mit Sicherheit wusste der Wirt mehr, als er bislang zugegeben hatte. Und als Thiermann das Wort Bautzen ausgesprochen hatte, war Dehnert erstarrt. Der Name der ehemals gefürchtetsten Haftanstalt der DDR schien hier noch immer starke Angstgefühle auszulösen.

»Also gut«, flüsterte Dehnert und erhob sich. Von einem Wandregal nahm er eine Schnapsflasche und drei Gläser herunter. Dann füllte er ein Glas randvoll und trank es in einem Zuge leer. Brodersen und Thiermann lehnten ab, als Dehnert auch ihnen einschenken wollte.

»Meine Tochter«, sagte er. »Drigalsky hat sich an sie herangemacht. Das Mädel ist dem Kerl verfallen. Mit Haut und Haar.«

Brodersen war verblüfft. In diese Richtung hatte er noch gar nicht gedacht. Dass eine Liebesaffäre dahinterstecken könnte.

»Und Sie waren dagegen«, ergriff Thiermann neuerlich das Wort. »Weshalb?«

Der dicke Wirt füllte das Schnapsglas aufs Neue. »Weil Drigalsky ein Angeber war. Eine richtige Berliner Großschnauze. Der hat mit seinem Geld nur so um sich geschmissen. Und Franziska war fasziniert davon. Außerdem war er viel zu alt für sie.«

»Franziska heißt Ihre Tochter«, warf Brodersen ein. »Wo ist sie jetzt?«

Dehnert zuckte mit den Achseln. »Keine Ahnung. Wir sind kurz vor Ostern im Streit auseinander gegangen. Sie hat ihre Reisetasche gepackt und ist auf und davon.«

»Und hat sich seitdem nicht mehr gemeldet?«

»Nein.«

»Darf ich fragen, wie alt Ihre Tochter ist, Herr Dehnert.«

»Neunzehn. Sie ist fast noch ein Kind.«

Brodersen nickte. »Wann haben Sie Drigalsky das letzte Mal gesehen?«

»Als er hier Urlaub gemacht hat. Wie ich schon sagte, im Dezember. Danach habe ich nur noch von ihm gehört. Aus Franziskas Mund. Der Kerl hat das Mädel total verändert.«

»Sie haben den Staatsanwalt also seit Dezember nicht mehr gesehen«, ergriff Thiermann wieder das Wort. »Wie erklären Sie sich dann die Sache mit der Zunge, die man Ihnen geschickt hat?«

Dehnert zuckte mit den Schultern. »Ich sagte es ja schon. Ich habe keine Ahnung. Nicht den leisesten Schimmer.«

Thiermann blickte den Wirt scharf an. »Ich glaube Ihnen nicht, Herr Dehnert. Wer sollte Ihnen Drigalskys Zunge schicken, wenn Sie nicht irgendwie mit der Tat in Verbindung stehen?«

Dehnert schüttelte schweigend den Kopf.

Thiermann hat einen Denkfehler gemacht, dachte Brodersen. Genau umgekehrt wäre es doch logisch. Wenn Dehnert mit dem Täter in Verbindung stünde, hätte er wohl kaum die Polizei über den Brief mit der Zunge informiert.

Brodersen blickte zu Thiermann. Der saß da und trommelte auf die Tischplatte. Dehnert schwieg noch immer. Er war sichtlich mitgenommen.

Plötzlich hatte Brodersen einen schrecklichen Gedanken. Was, wenn Dehnerts Tochter hinter dem Mord steckte. Wenn sie die Zunge an ihren Vater gesandt hatte, aus welchem Grund auch immer. Im gleichen Moment wurde ihm klar, wie absurd dieser Gedanke war. Eine Frau wäre zu solch einer brutalen Tat wohl kaum fähig.

Mit lautem Krachen erhob sich Thiermann von seinem Stuhl und unterbrach Brodersens Überlegungen. »Wir lassen wieder von uns hören, Herr Dehnert. Und bis dahin verlassen Sie den Landkreis Sächsische Schweiz nur mit unserer Zustimmung. Haben wir uns verstanden?«

Der dicke Wirt nickte. Schweiß stand ihm auf der Stirn und Brodersen merkte, dass er Mitleid mit dem Mann hatte.

Ohne weitere Worte verließen die beiden Kriminalbeamten den Gastraum. Am Tisch ließen sie den noch immer schweigenden Dehnert zurück.

»Ich habe Hunger bekommen«, sagte Thiermann als sie ins Auto einstiegen. »Hast du Lust auf was Gutes?«

Brodersen nickte.

Sie wendeten und fuhren zurück in Richtung Bad Schandau. Während der Fahrt sagte keiner etwas. Thiermann schien seinen Gedanken nachzuhängen und Brodersen war froh, selbst nichts sagen zu müssen. Stattdessen betrachtete er fasziniert die Landschaft. Er konnte verstehen, weshalb es Drigalsky im Urlaub hierher gezogen hatte. Was aber war in der Zeit danach geschehen? Und wo steckte Franziska Dehnert, die Tochter des Wirts? Er nahm sich vor, eine Skizze anzufertigen. Wer mit wem wie in Verbindung stand. Sobald er in Berlin zurück war, würde er damit beginnen.

Als sie einen Ort namens Altendorf erreichten, stoppte Michael Thiermann an einer Gaststätte, die den Namen *Felsenblick* trug. Er hielt seinem Berliner Kollegen die Tür auf, als sie den Gasthof betraten, und wies auf einen Fenstertisch.

Brodersen nickte und sie setzten sich. Die Aussicht war bemerkenswert.

»Was hältst du von Dehnert?«, brach Thiermann das Schweigen. »Für meinen Geschmack tut der ein bisschen zu unwissend.«

Brodersen warf Thiermann einen fragenden Blick zu. »Wie meinst du das?«

»Der weiß mehr, als er zugibt. Auch die Sache mit der Tochter kommt mir merkwürdig vor. Wir werden ja sehen, irgendwo muss die junge Dame stecken. Wie hieß sie gleich?«

»Franziska.«

»Genau. Soll ich dir sagen, wie meine Version der Geschichte aussieht? Dieser Dehnert hat einen Auftragskiller engagiert. Der hat den Staatsanwalt erledigt und die Zunge quasi als Vollzugsbeweis an Dehnert geschickt. Der hat dann Schiss gekriegt und die Sache einfach der Polizei gemeldet. So, als sei er völlig ahnungslos, was das Ganze zu bedeuten hat.«

Brodersen machte ein ausdrucksloses Gesicht. »Und was führt dich zu diesem Schluss?«

Thiermann grinste. »Dehnert hat immer nur so viel zugegeben, wie wir ihm eh schon beweisen konnten.«

»Entschuldige, Michael, aber das ist doch kompletter Unsinn.« Brodersen schüttelte heftig den Kopf. »Deine Interpretation ist viel zu konstruiert. Nimm es mir nicht übel, aber ich sehe die Dinge absolut nicht so.«

Thiermann starrte Brodersen fassungslos an. Anscheinend war er es nicht gewohnt, dass ihm jemand widersprach. Als er zu einer Entgegnung ansetzen wollte, trat die Bedienung an den Tisch und nahm die Bestellung auf. Brodersen bestellte sich Zander mit Salzkartoffeln. Außerdem gönnte er sich ein Radeberger Pils.

Thiermann zögerte. Offenbar war er so verwirrt, dass ihm der Hunger vergangen war. Schließlich entschied er sich für ein Beefsteak.

»Dass du anderer Meinung bist, wundert mich nicht«, sagte er, als die junge Kellnerin verschwunden war. »Dehnert ist ein guter Schauspieler. Aber mir macht der nichts vor.«

»Himmel, Arsch und Zwirn, für wie blöd hältst du mich?«, knurrte Brodersen zornig. »Ich bin nicht erst seit gestern bei der Kripo. Und deine Auslegung der bisherigen Erkenntnisse entbehrt jeglicher Realität.«

Thiermann wandte seinen Blick ab und starrte aus dem Fenster.

»Im Übrigen«, fuhr Brodersen fort, »wussten wir bislang nichts von dem, was Dehnert ausgesagt hat. Weder wussten wir, dass Drigalsky bei ihm in Logis stand, noch dass er mit seiner Tochter liiert war. Es ist also nicht richtig, wenn du sagst, er hätte nur die Sachverhalte eingestanden, die wir ihm vorgehalten haben.«

Die Bedienung erschien und brachte Brodersens Bier.

»Vermutlich hast du Recht«, sagte Thiermann leise, als die Kellnerin sie wieder allein gelassen hatte. »Ich habe mich da wohl in was verrannt.«

Brodersen nahm einen kräftigen Schluck. Dann warf er seinem sächsischen Kollegen einen freundlichen Blick zu. »Kein Problem. Ist uns doch allen schon passiert. Außerdem ist dieser Fall wirklich alles andere als einfach zu verstehen. Im Grunde tappen wir doch völlig im Dunkeln.«

Thiermann nickte. »Vielleicht steckt tatsächlich eine Spionagegeschichte dahinter. Ich meine, das mit den Fotos und den Plänen der Raketensysteme, von denen du erzählt hast, ist doch mehr als ungewöhnlich.«

»Das schon. Aber es muss trotzdem nichts bedeuten. Wenngleich das Ganze auch gut zusammenpassen würde. Der ungewöhnliche Reichtum des Staatsanwaltes, seine Verschlossenheit im Kollegenkreis, wenn es um private Dinge ging. Und nicht zuletzt die Sache mit der kanadischen Botschaft. Wenn der Brief denn tatsächlich an ihn gerichtet war.«

Die Serviererin kam wieder an ihren Tisch und brachte die bestellten Gerichte. Brodersen betrachtete fasziniert seinen dampfenden Teller, auf dem ein liebevoll garnierter Zander auf seine Verspeisung wartete.

Thiermanns Beefsteak war wesentlich kleiner. Zögernd griff der sächsische Kollege nach dem Besteck. »Wo aber gibt es den Zusammenhang zu Dehnert?«

Brodersen zuckte kauend mit den Achseln. Während des Essens wollte er sich nicht mit dem Fall befassen. Dazu schmeckte es ihm viel zu gut. Endlich einmal eine richtige Mahlzeit! Trotzdem gingen ihm Thiermanns Worte nicht aus dem Kopf. Was hatte Dehnert mit der Angelegenheit zu tun? Weshalb hatte man ihm die Zunge zugeschickt? Aber er kam zu keinem Ergebnis.

Nachdem er aufgegessen hatte, wischte er sich mit der Serviette über den Mund.

»Das Essen geht auf mich«, sagte Thiermann und zog eine Zigarette aus seiner Hemdtasche. »Ich hoffe, es war gut?«

Brodersen nickte heftig. »Danke. Ausgezeichnet.«

Als die junge Kellnerin die Rechnung brachte, hatte Brodersen eine Idee. Er wartete, bis Thiermann mit dem Bezahlen fertig war. Dann sprach er die Bedienung an. »Darf ich Ihnen eine Frage stellen?«

Die Kellnerin nickte.

»Sie kennen doch sicher den Gasthof *Bergmühle* in Lichtenhain. Kennen Sie auch die Tochter des Gastwirts?«

»Franziska? Natürlich. Wir sind in der Schule in dieselbe Klasse gegangen.«

»Haben Sie noch Kontakt zu ihr?«

»Habe ich. Aber warum wollen Sie das wissen?«

Brodersen holte seinen Dienstausweis aus der Tasche und hielt ihn ihr vor die Nase.

Sie schien beeindruckt. »Hat Franziska etwas ausgefressen?«

Brodersen schüttelte den Kopf. »Nein nein, es geht um eine Routineangelegenheit.«

Die Kellnerin schien einen Augenblick lang zu überlegen. Dann trat sie einen Schritt dichter an Brodersen heran und flüsterte: »Hat es etwas mit ihrem Freund aus Berlin zu tun?«

Sie ist also informiert, dachte Brodersen. »Was wissen Sie denn darüber?«

»Ich weiß, dass er ermordet worden ist«, antwortete sie noch leiser. »Und ich glaube, ich weiß auch von wem ...«

6. Kapitel

Die Aussage der jungen Kellnerin des Gasthofs Felsenblick hatte Brodersen einigermaßen verblüfft. Er hatte gehofft, mit seiner Frage vielleicht etwas mehr Hintergrundinformationen über Drigalskys Geliebte zu erhalten, aber mit solch einer Antwort hatte er nicht gerechnet.

Er wechselte einen raschen Blick mit Thiermann. Dann bedeutete er der Kellnerin, sich zu setzen. »Darf ich nach Ihrem Namen fragen?«

»Doreen Reichenbach. Meinem Vater gehört diese Gaststätte hier. Er und Franziskas Vater sind sozusagen Berufskollegen.«

Brodersen nickte. »Und wie kommen Sie darauf, den Mörder von Franziska Dehnerts Freund zu kennen?«

Doreen Reichenbach zögerte. »Ich habe so ein Gefühl. Natürlich kann ich mich irren, aber irgendwie glaube ich zu wissen, wer es war.«

»Und? Wer war es?«

»Franziskas Vater.«

Brodersen hob die Augenbrauen. »Wie kommen Sie denn darauf?«

Die Kellnerin zuckte mit den Schultern. »Franziska hat mir erzählt, wie sehr ihr Vater gegen Theo wetterte. Außerdem hat er schon mal einen von Franziskas früheren Freunden verprügelt.«

»Hier geht es aber um Mord, Fräulein Reichenbach«, mischte Thiermann sich ein, »um einen äußerst brutalen Mord. Und nicht um irgendeine Prügelei.«

Brodersen schaute der Kellnerin forschend in die Augen. »Wissen Sie denn, wo Franziska Dehnert jetzt steckt?«

»Weiß ich. Theo hat ihr eine kleine Wohnung in Berlin besorgt. Warten Sie ... die Adresse kann ich Ihnen geben.« Die junge Frau kramte in ihrer Hosentasche. Schließlich zog sie eine kleine Geldbörse hervor, der sie einen Zettel entnahm.

»Waidmannsluster Damm 196«, las er. »Das liegt im Stadtteil Reinickendorf. Und wenn mich meine Ortskenntnis nicht täuscht auch nicht allzu weit entfernt von Theo Drigalskys Haus. Wir werden sehen, was an Ihren Vermutungen dran ist. Vorerst bitte ich Sie darum, mit niemandem über unsere Unterhaltung zu sprechen. Ist das klar? Wenn wir weitere Fragen haben, werden wir uns melden.«

Brodersen erhob sich und bedeutete Thiermann, dass es Zeit sei aufzubrechen. Es war inzwischen dreizehn Uhr und Brodersen überfiel eine starke Müdigkeit. Offenbar steckte ihm die Grippe noch immer in den Knochen.

Als sie in Thiermanns Dienstwagen saßen, bemerkte Brodersen, dass der Himmel sich bezogen hatte. »Ich glaube nicht an diese Theorie«, sagte er. »Man begeht keinen solchen Mord, nur weil man den Freund der Tochter nicht mag.«

Thiermann nickte. Dann startete er den Vectra und fuhr vom Parkplatz.

Als sie die Elbbrücke in Bad Schandau passierten, setzte der Regen ein. Brodersen war hundemüde. Er lehnte den Kopf gegen das Seitenfenster des Wagens und schloss die Augen. Fast unmittelbar fiel er in einen Dämmerzustand. Das monotone Brummen des Motors schien hin und wieder auszusetzen. Es war kein richtiger Schlaf, aber es war auch kein Wachzustand. Es war irgendetwas dazwischen.

In Dresden angekommen, setzte Thiermann seinen Berliner Kollegen direkt neben dessen Volvo ab.

Brodersen bedankte sich nochmals für das Essen und sie vereinbarten, am kommenden Tag miteinander zu telefonieren. Als er in seinen Wagen stieg, fühlte er sich einigermaßen frisch. Die bevorstehende Heimfahrt nach Berlin würde er wohl problemlos meistern. Im Handschuhfach fand er eine Dose Pepsi-Cola, die er öffnete und in den Dosenhalter an der Mittelarmlehne steckte. Dann startete er und fuhr davon.

Viertel nach vier war er zu Hause. Er ging in die Küche und kochte einen Kaffee. Dann duschte er. Um halb sechs wählte er Kochs Nummer, aber am anderen Ende wurde nicht abgehoben. Nach der Tagesschau um viertel nach acht versuchte er es erneut. Diesmal hatte er Glück. Er berichtete kurz von den Ergebnissen des Tages.

»Morgen habe ich Dienst«, sagte Koch. »Wenn du willst, fahre ich bei dieser Franziska Dehnert vorbei und nehme sie mir vor.«

»Hol mich ab, wenn du fährst«, entgegnete Brodersen, »ich komme mit.«

Koch versprach es. Dann beendeten sie das Gespräch.

Brodersen schaltete den Fernseher ab und ging zu Bett. Bevor er einschlief, dachte er an Doreen Reichenbach. Was hatte die junge Kellnerin zu solch einer Verdächtigung veranlasst? Noch ehe er beginnen konnte, darüber nachzudenken, war er eingeschlafen.

Am nächsten Morgen erwachte Brodersen erst kurz vor zehn. Erfreut stellte er fest, dass er sich ausgeschlafen fühlte. Draußen schien die Sonne.

Nachdem er gefrühstückt hatte, schnappte er sich seine Jacke und verließ das Haus. Als er durch seinen kleinen Garten lief, nahm er sich vor, am Nachmittag Rasen zu mähen. Er hoffte, dass die Kraft seines Handmähers für das hohe Gras ausreichen würde. Viel zu lange hatte er sein Grundstück vernachlässigt.

Dann drehte er eine Runde durch seine Siedlung. Vor einem der Häuser stand ein Umzugswagen und Brodersen fragte sich, ob jemand ein- oder auszog. Bei einigen seiner Nachbarn war der Traum vom Eigenheim schneller geplatzt, als sie es wohl gedacht hatten. Die Raten, die auch er jeden Monat abzudrücken hatte, waren nicht von Pappe. Und nun, nachdem er durch die Scheidung von Kathrin auf sich allein gestellt war, stand auch seine Finanzierung auf wackeligen Beinen.

Am alten Bahnübergang nahm er den Weg an den Gleisen entlang, der zu einem kleinen Teich führte. Während er gemächlich vor sich hin schlenderte, dachte er über Drigalsky nach. Doch so sehr er sich auch bemühte, irgendeinen Gedanken über die Hintergründe zu erfassen, über etwas, das er bislang übersehen haben könnte, es wollte ihm einfach nicht gelingen.

Die Uhr der nahen Heinersdorfer Kirche schlug gerade zwölf, als er seinen Rundgang beendet hatte. Er schloss die Haustür auf und trat in den Flur. Das rote Lämpchen an seinem Anrufbeantworter blinkte. Rasch hörte er das Band ab. Es war Koch, der ihm mitteilte, er wolle sich auf den Weg zu Franziska Dehnert machen.

Brodersen nahm das Mobilteil aus der Ladestation und rief zurück. Sie vereinbarten, sich in einer Stunde vor dem Haus am Waidmannsluster Damm 196 zu treffen.

Es war zwar Pfingstmontag, doch Brodersen zögerte nicht, den Besuch am heutigen Feiertag durchzuführen. Möglich, dass sie die junge Dame nicht antreffen würden. Aber dieses Risiko nahm er in Kauf. Schließlich hatte er ohnehin nichts Besseres vor. Und im Grunde war es auch egal, ob er den Rasen nun heute oder morgen mähen würde.

Viertel vor eins erreichte Brodersen sein Ziel. Er parkte ein paar Meter vom Haus Nummer 196 entfernt neben einem verfallenen Zeitungskiosk. Im Rückspiegel beobachtete er den Hauseingang. Nach ein paar Minuten kam ein junger Mann aus der Tür. Mit der rechten Hand hielt er sich lässig ein Mobiltelefon ans Ohr. Den Ellenbogen hatte er weit nach außen gestreckt.

Der Typ will cool wirken, dachte Brodersen. Was für die adligen Damen vergangener Epochen einmal der abgespreizte kleine Finger war, ist für die heutige Generation der abgespreizte Arm.

Dann überlegte er, warum sich Franziska Dehnert bislang nicht bei der Polizei gemeldet hatte. Normalerweise kreuzen die Angehörigen eines Mordopfers schon nach kurzer Zeit bei der Kripo auf. Sei es, um nach dem Stand der Ermittlungen zu fragen oder aber um in Erfahrung zu bringen, wann der Leichnam zur Bestattung freigegeben werden würde. Oder einfach nur, um zu reden. Franziska Dehnert hingegen hatte sich nicht blicken lassen. Das war mehr als ungewöhnlich.

Als Brodersen zur Seite schaute, preschte Kochs Citroën an ihm vorbei und hielt wenige Meter weiter auf einem Behindertenparkplatz. Brodersen stieg aus und wartete, bis Koch herangeschlendert kam.

»Du stehst nicht sehr günstig dort«, sagte Brodersen und wies auf das entsprechende Verkehrsschild.

Koch winkte grinsend ab. »Ich bin im Einsatz.«

Als sie die Haustür erreichten, fiel Brodersen am Klingelbrett auf, dass die Hälfte der Fächer für Namensschilder leer war. Offenbar waren nicht alle Wohnungen vermietet, verwunderlich angesichts der guten Wohnlage. Kurz nachdem er auf den Knopf neben dem Namensschild *F. Dehnert* gedrückt hatte, meldete sich eine weibliche Stimme.

Brodersen räusperte sich. »Frau Dehnert?«

»Ja. Wer ist dort?«

»Brodersen. Kriminalpolizei. Haben Sie einen Augenblick Zeit?«

Der Türöffner summte. Sie gingen nach oben. Franziska Dehnerts Wohnung lag im ersten Stock.

»Beletage«, grinste Koch.

An der Tür stand eine junge Frau im dunklen Hosenanzug und ließ sie ein. Unaufgefordert hielt Brodersen ihr seinen Dienstausweis hin und sie nickte. Dann bat sie die Kriminalbeamten in ihr Wohnzimmer.

Brodersen staunte über die schlichte Eleganz. Obwohl die Möbel von IKEA zu stammen schienen, machte die gesamte Einrichtung einen harmonischen, ja fast teuren Eindruck.

Koch ergriff das Wort. »Frau Dehnert, sicher können Sie sich denken, weshalb wir Sie aufsuchen.«

Die junge Frau nickte. Eine blonde Strähne fiel ihr ins Gesicht. »Wegen Theo.«

»Ganz genau. Lassen Sie mich zunächst mein Bedauern ausdrücken.«

Brodersen schloss sich Kochs Beileidsbekundung murmelnd an.

»Wie haben Sie vom Tod Ihres ...« – Koch zögerte – »... Ihres Lebensgefährten erfahren?«

»Aus der Zeitung«, sagte sie und senkte den Blick.

»Das ist ein wenig ungewöhnlich – aus der Zeitung.«

Franziska Dehnert sah Koch fragend an: »Natürlich ist das ungewöhnlich. Ich habe geglaubt, ich würde verrückt.« Ihre Stimme zitterte. »Natürlich habe ich gehofft, dass das alles nicht stimmen würde. Dann habe ich in seiner Dienststelle angerufen und erfahren, dass es die Wahrheit ist. Dass Theo erschlagen wurde und ...« Sie brach in Tränen aus und sackte zusammen.

Koch nahm sie in den Arm und setzte sie auf das weinrote Sofa. Es dauerte einige Minuten, bis sie sich beruhigt hatte und an eine Fortsetzung des Gespräches zu denken war.

»Wir wissen, wie schwer es für Sie ist, Frau Dehnert. Aber um den Täter zu ermitteln, ist es sehr wichtig, dass wir Antworten auf einige Fragen bekommen.«

Franziska Dehnert nickte. Dann schnäuzte sie sich. »Bitte. Fragen Sie.«

Brodersen zögerte einen Moment, dann fragte er, wie sie Theo Drigalsky kennen gelernt habe.

Zunächst stockend und von gelegentlichem Schluchzen unterbrochen, erzählte sie die Geschichte, die Brodersen bereits kannte. Dass Drigalsky im Gasthof ihres Vaters seinen Urlaub verbracht habe und sie sich bei dieser Gelegenheit näher gekommen seien.

»Und Ihr Vater hielt nicht so viel von Herrn Drigalsky?«

»Der nannte ihn eine Berliner Großschnauze. Dabei hat Theo ihm zu solch einer Einschätzung nicht den geringsten Anlass geliefert. Ich glaube, Vater war ein bisschen neidisch auf das, was Theo mir bieten konnte. Teure Klamotten,

Schmuck. Mein Vater muss jede Münze zweimal umdrehen, bevor er sie ausgibt. Und die *Bergmühle* läuft auch nicht so, wie er es sich wünschen würde. Theo hatte immer genug Geld. Jeden Monat. Saisonunabhängig. Er war Beamter. Das hat Vater gewurmt.«

»Wissen Sie, woher Herrn Drigalskys Vermögen stammte?«

»Na ja, er verdiente doch gut. Konnte all die Jahre sparen. Keine Familie, keine Kinder, meine ich.«

Brodersen hob die Augenbrauen, sagte aber nichts.

»Kurz vor Ostern ist es dann zum großen Streit gekommen. Vater hat verlangt, dass ich mich von Theo trenne. Das konnte ich nicht und bin nach Berlin. Theo hat mir diese Wohnung hier besorgt.«

»Und jetzt? Ich meine, können Sie es sich leisten, weiter hier zu wohnen?«

Die junge Frau zuckte mit den Achseln. »Ich weiß es nicht. Das hängt davon ab, was mit Theos Nachlass passiert und wer die Wohnung erbt. Vielleicht gehe ich auch zurück zu meinem Vater.«

»Ist das denn keine Mietwohnung hier?«

Franziska Dehnert lächelte. »Nein. Die Wohnung gehörte Theo.«

Brodersen warf Koch einen raschen Blick zu. Dann fiel ihm etwas ein. »Kannten Sie sich im Haus von Herrn Drigalsky in Frohnau aus?«

»Ja. Ziemlich gut sogar. Bevor mir Theo diese Wohnung besorgt hat, habe ich immer bei ihm gewohnt, wenn ich in Berlin war.«

»Dann wissen Sie sicher auch, was er in seinem Arbeitszimmer aufbewahrte?«

Die junge Frau sah Brodersen fragend an. »Was meinen Sie?«

»In dem dunkelbraunen Wandschrank. Gleich links neben der Tür.«

»Ich habe mich nie dafür interessiert. Er war wohl auch verschlossen. Theo war Staatsanwalt und sicher verwahrte er dort Unterlagen, die nicht jeder sehen sollte.« Frau Dehnert runzelte die Stirn. »Was ist in dem Wandschrank?«

»Ich möchte Sie bitten, sich morgen um dreizehn Uhr mit mir vor Theo Drigalskys Haus zu treffen. Dann werde ich Ihnen zeigen, was ich meine.« Brodersen erhob sich.

»Ja, gut«, sagte sie leicht irritiert. »Dann also morgen Mittag um eins.«

Franziska Dehnert begleitete die beiden Kriminalisten zur Tür und reichte ihnen die Hand.

»Was hast du vor?«, fragte Koch als sie das Haus verlassen hatten und zu ihren Autos liefen.

Brodersen hob die Schultern. »Mal sehen. Vielleicht reicht schon ihre Reaktion, wenn sie die Waffen sieht. Wir müssen abwarten, was sich ergibt.«

Koch nickte. »Das Mädel ist verdammt jung, findest du nicht?«

»Kann schon sein. Aber offenbar hat es Drigalsky nicht gestört.«

Koch grinste. Dann sah er auf die Uhr. »Feierabend. Ich werde machen, dass ich nach Hause komme. Wir sehen uns morgen um neun.«

»Bis morgen«, antwortete Brodersen und stieg in sein Auto. Als er an Kochs Wagen vorbeifuhr, sah er einen grünen Strafzettel unter dem Scheibenwischer des Citroën flattern. Parken auf einem Behindertenparkplatz, dachte er und schmunzelte. Wer nicht hören will, muss fühlen.

Am Dienstagmorgen um neun Uhr traf sich die Ermittlungsgruppe im Versammlungszimmer des Landeskriminalamtes in der Keithstraße. Missmutig stellte Brodersen fest, dass auch Wieschalla und Oberstaatsanwalt Richartz zugegen waren. Nach einer kurzen Begrüßung schilderte er ausführlich, was sein Besuch in Sachsen ergeben hatte. Auf die Verdächtigungen der Kellnerin des *Felsenblick* ging er nur am Rande ein. Dann erzählte er vom Besuch bei Franziska Dehnert. Dabei versuchte er deutlich zu machen, dass er nicht an eine Beziehungstat Drigalsky-Dehnert glaubte.

Als er geendet hatte, meldete sich Gronau zu Wort. »Heute Morgen hat sich die Deutsche Post wegen des Briefumschlages von der Kanadischen Botschaft gemeldet.«

Brodersen hielt den Atem an. »Und?«

»Fehlanzeige. Das Schreiben war an die Staatsanwaltschaft Berlin oder zumindest an die Adresse Turmstraße 91 in Berlin-Moabit gerichtet.«

»Also doch ein dienstliches Schreiben.«

Gronau zuckte mit den Achseln. »Sieht ganz danach aus.«

»Dann brauchen wir diese Spur also nicht mehr weiter zu verfolgen.« Brodersen nahm einen Schluck aus seiner Kaffeetasse. »Wisst ihr, was ich mich die ganze Zeit frage: Woher Drigalsky das Geld hatte, um seinen Lebensstandard zu finanzieren. Ich habe vorhin mal im Bundesbesoldungsgesetz nachgelesen. Seine Einkünfte müssen sich so um die dreitausend Euro im Monat bewegt haben. Das allein kann kaum für seinen Luxus gereicht haben. Die Villa, seine Waffensammlung, all das dürfte ziemliche Gelder verschlungen haben.«

»Aus den Unterlagen, die wir in Drigalskys Haus gefunden haben, ergab sich kein Hinweis auf die Herkunft seines Vermögens«, warf Kolberg ein.

»Das kann ich mir gut vorstellen«, entgegnete Brodersen. »Der hatte ganz sicher einen Steuerberater. Den sollten wir befragen.«

»Dazu werden Sie meine Zustimmung benötigen«, schaltete sich Oberstaatsanwalt Richartz ein. »Wie Sie wissen, bin ich der Vertreter der Anklagebehörde in diesem Fall. Und eines kann ich Ihnen hier und jetzt versichern: Mit mir wird es keine Schnüffeleien in der Privatsphäre des Kollegen Drigalsky geben.«

Brodersen sah Richartz erstaunt an, während dieser weitersprach.

»Ich kannte Drigalsky lange genug, um zu wissen, dass es ihm nicht recht gewesen wäre, wenn Hinz und Kunz in seinem Privatleben herumstochern. Er selbst hat nie viel von sich preisgegeben. Ich glaube, wir sind ihm schuldig, dafür zu sorgen, dass seine Privatangelegenheiten nicht ohne Überlegung und zwingende Gründe zerredet und öffentlich breitgetreten werden. Im Übrigen gibt es auch keinen Grund, sich für die finanziellen Verhältnisse des Herrn Staatsanwalt zu interessieren.«

»Den gibt es wohl«, zischte Brodersen. »Wir wissen bislang so gut wie nichts über ein Tatmotiv. Und deshalb ist alles wichtig.«

»Ach, tun Sie doch nicht so! Wir wissen nichts! Kein Tatmotiv! Dass ich nicht lache!« Richartz verzog das Gesicht zu einem verächtlichen Grinsen. »Natürlich haben wir ein Motiv. Und einen Tatverdächtigen obendrein: Dehnert, dieser sächsische Wirt. Der hatte doch allen Grund, Drigalsky umzubringen. Das scheint mir überhaupt eine ungemein plausible Erklärung zu sein. Und deshalb bin ich mit dem geschätzten Herrn Hauptkommissar Brodersen auch überhaupt nicht einer Meinung, dass diese Linie nicht weiterverfolgt werden sollte. Sie sitzen hier herum und schwatzen und in Sachsen läuft ein Mörder frei herum. Nehmen Sie sich Dehnert vor und verhören Sie ihn bis er schwarz wird. Sie werden sehen: Er ist der Täter.«

Als Richartz geendet hatte, merkte Brodersen, dass seine Kollegen ihn anstarrten. Sie schienen auf eine Entgegnung zu warten, aber Brodersen war die Luft weggeblieben. Was er soeben gehört hatte, konnte er kaum glauben. Was dachte dieser Richartz, mit wem er es hier zu tun hatte? Mit dummen Schuljungen? Brodersen und seine Leute brauchten sich nicht sagen zu lassen, wie sie ihre Arbeit zu machen hatten. Es gab ein klares Prozedere, das sie in undurchsichtigen Fällen wie diesem ablaufen ließen. Und dazu gehörte es eben, jede offene Frage zum Hintergrund von Tat und Opfer zu klären. Ein Motiv zu finden. Ein wirkliches Motiv.

»Wir werden tun, was zu tun ist«, sagte Brodersen und erhob sich. »Und wenn Sie uns Ihre Unterstützung verweigern wollen, weil es sich bei dem Toten um einen Ihrer Kollegen handelt, dann sind Sie hier fehl am Platze. Und dann werde ich darüber nachdenken müssen, ob ich Ihren Vorgesetzten, den Herrn Generalstaatsanwalt davon in Kenntnis setze, dass ich Sie für befangen halte.«

Noch ehe Richartz etwas entgegnen konnte, hatte Brodersen den Raum verlassen und die Tür hinter sich zugeknallt.

Den Rest des Vormittags verbrachte er mit der Abfassung eines schriftlichen Berichts über seine Reise nach Sachsen und den Besuch bei Franziska Dehnert. Sein Telefon blieb still. Offenbar wollte ihn niemand sprechen.

Als er mittags in die Kantine ging, um etwas zu essen, lief er Wieschalla über den Weg. Sein Chef winkte ihn zu sich. »Halten Sie es für klug, sich mit Richartz zu überwerfen?«, fragte der Kriminaloberrat.

Brodersen spürte, wie erneut Zorn in ihm aufstieg. »Klug ist, sich in diesem Fall nicht von den persönlichen Sympathien oder Abneigungen des Herrn Oberstaatsanwalts oder einem seiner Kollegen leiten zu lassen. Nur, weil dieser Mord sich in ihren Reihen ereignet hat, heißt das noch lange nicht, dass für sie andere Gesetze gelten.«

Wieschalla nickte höflich. »Da stimme ich Ihnen natürlich zu. Wir dürfen aber nicht vergessen, dass die Staatsanwaltschaft und damit Oberstaatsanwalt Richartz Herr des Verfahrens ist.«

Brodersen schloss die Augen und massierte sich seine Nasenwurzel. »Alles, was es zu sagen gibt, habe ich vorhin gesagt. Wenn Richartz so weitermacht, melde ich seine Befangenheit an den Generalstaatsanwalt.«

»Wenn es danach geht, dürften alle Berliner Staatsanwälte in diesem Fall befangen sein. Theo Drigalsky kannte fast jeder.«

Brodersen zuckte mit den Schultern. Dann ließ er Wieschalla einfach stehen und ging zurück in sein Büro.

Der Appetit war ihm vergangen.

Zehn Minuten vor zwei erreichte Brodersen Drigalskys Villa im Sigismundkorso. Vor der Tür stand ein dunkelblauer Ford Fiesta älteren Typs mit Pirnaer Kennzeichen.

Franziska, dachte Brodersen. Sie ist pünktlich. Er parkte seinen Wagen ein paar Meter weiter, stellte den Motor ab und stieg aus. Dann ging er auf den Fiesta zu und klopfte an die Seitenscheibe.

Franziska Dehnert blickte ihn erschrocken an. Offenbar war sie so in Gedanken versunken, dass sie sein Erscheinen nicht bemerkt hatte. Hastig stieg sie aus und reichte ihm zur Begrüßung die Hand.

Brodersen lächelte. »Freut mich, dass Sie Zeit gefunden haben herzukommen. Es wird nicht lange dauern.«

Die junge Frau schloss ihren Wagen ab. »Ich habe es nicht eilig.«

Brodersen nickte und zog den Schlüsselbund für Drigalskys Haus aus der Tasche. Als sie den Eingang erreichten, stellte er überrascht fest, dass die Siegel zerrissen waren, die Kolberg nach seiner Durchsuchung angebracht hatte.

Brodersen zögerte.

Dann drückte er behutsam auf die Klinke.

Tatsächlich. Die Tür war nicht verschlossen.

Er drehte sich zu Franziska Dehnert um, die hinter ihm stand. »Waren Sie schon im Haus?«

Die junge Frau schüttelte den Kopf. »Ich habe gar keinen Schlüssel.«

Brodersen überlegte. »Gibt es sonst jemanden? Eine Haushaltshilfe vielleicht?«

»Nein. Theo hat niemanden in sein Haus gelassen, wenn er nicht da war. Und er hat auch niemandem einen Hausschlüssel gegeben.«

Brodersen dachte nach. Er schob Franziska Dehnert an die Seitenwand des Hauses und bedeutete ihr, dort zu warten und sich ruhig zu verhalten. Er zog seine Dienstwaffe aus dem Halfter und entsicherte sie. Dann trat er an die Tür und drückte sie vorsichtig auf. Behutsam schob er sich in den

Flur und lauschte. Alles war still. Dennoch hatte er das unerklärliche Gefühl, dass jemand im Hause war. Er überlegte, ob er bei seinem letzten Besuch einen Hinterausgang gesehen hatte, aber er konnte sich nicht erinnern.

Langsam schlich er zu Drigalskys Arbeitszimmer. Die Zimmertür stand halb offen.

Brodersen holte tief Luft und streckte die Waffe vor. Wenn jemand etwas in diesem Haus suchte, dann vermutlich in diesem Raum. Er atmete aus.

Dann warf er sich gegen die Tür. Im selben Augenblick fiel ein Schuss.

7. Kapitel

Alles war so schnell gegangen, dass es ihm im Nachhinein schwer fiel, sich im Detail an den Ablauf der Geschehnisse zu erinnern.

Als der Schuss gefallen war, hatte Brodersen sich sofort zu Boden geworfen. Er hätte nicht sagen können, aus welcher Richtung gefeuert worden war. Dass der Schuss ihm galt, bezweifelte er nicht. Da war jemand im Haus. Jemand, der so skrupellos war, sofort zu schießen.

Brodersen lag vor Drigalskys Schreibtisch auf dem Boden. Rasch registrierte er, dass der Wandschrank geöffnet war und einige der Waffen fehlten.

Was nun? Von irgendwoher hörte er undefinierbare Geräusche. Dann einen Schrei. Den Schrei der Frau. Franziska! – Wieso Franziska? Die hätte bei ihm sein sollen. Hinter ihm. Aber natürlich: er hatte ihr befohlen, im Eingangsbereich zu bleiben, statt sie an seiner Seite zu halten. Brodersen sprang auf und stürzte in den Flur. In der Tür stand ein Mann. In seiner rechten Hand hielt er einen Revolver, den er Franziska Dehnert an die Schläfe drückte. Auf dem Boden verstreut lagen zwei, drei Waffen. Brodersen erschrak: Das, was sich hier abspielte, war eine handfeste Geiselnahme!

Instinktiv drehte er sich um und rannte zurück in das Arbeitszimmer. Ohne zu überlegen, sprang er auf den Schreibtisch, riss das Fenster auf und rollte sich über die schmale Brüstung hinaus. In einer niederen Anpflanzung kam er zum Liegen. Alle Knochen taten ihm weh und er stöhnte.

Während er sich zur Straße schleppte, nestelte er aufgeregt nach seinem Mobiltelefon. Als er sich endlich hinter Franziska Dehnerts Fiesta befand, kniete er sich keuchend auf den Boden und wählte den Notruf. Er verlangte, dass man unverzüglich das Sondereinsatzkommando herschicke und Koch verständige. Was der Mann in Drigalskys Haus mit seinem Vorgehen erreichen wollte, war noch nicht einzuschätzen.

Von der Villa her war nichts zu hören oder zu sehen. Auch war offenbar nicht mehr geschossen worden.

Der Mann muss mich gesehen haben, als ich auf den Flur gerannt kam, dachte Brodersen. Wieso hat er nicht versucht, meine Flucht zu verhindern?

Er bereute, dass er Franziska Dehnert herbestellt hatte. Die junge Frau hatte genug zu leiden.

Er versuchte erneut, sich zu erinnern, ob das Haus einen zweiten Eingang besaß, kam aber zu keinem Ergebnis. Als er sich ein wenig beruhigt hatte, sah er auf die Uhr. Viertel nach zwei. Wo blieben nur die Kollegen? Zum ersten Mal seit langem verspürte er das Verlangen nach einer Zigarette. Aber er hatte keine.

Auf der gegenüberliegenden Straßenseite liefen zwei Kinder mit Schulranzen entlang und blickten neugierig herüber. Brodersen hockte noch immer hinter dem Fiesta, die Dienstwaffe hielt er in seiner rechten Hand. Er legte einen Finger auf den Mund und lächelte den Kindern zu. »Polizei«, flüsterte er. Dann bedeutete er ihnen, dass sie verschwinden sollten.

Drei Minuten später traf der erste Funkwagen am Ort des Geschehens ein. Brodersen empfing die Kollegen mit einer raschen Schilderung der Ereignisse.

Einer der Beamten machte sich sofort daran, von den umliegenden Grundstücken aus zu überprüfen, ob es weitere Ausgänge gäbe. Kurze Zeit später war er zurück. »Negativ«, sagte er. »Es gibt nur die Tür nach vorn heraus. Und die Fenster an der Hinterfront sind alle geschlossen.«

Brodersen nickte. Er hatte die Villa, den Eingang und das Fenster, durch das er entkommen war, seit seinem Sprung keinen Moment aus den Augen gelassen. Folglich musste sich der Kidnapper noch im Hause befinden.

Alles war ruhig.

»Was tut der Kerl da drinnen?«, fragte er laut. Ob er versuchen sollte, wieder in das Haus zu gelangen? Aber er verwarf den Gedanken rasch. Man wusste ja nicht, was der Mann vorhatte.

Ungeduldig bat er einen der Uniformierten darum, über Funk bei der Zentrale nachzufragen, wann das Sondereinsatzkommando endlich vor Ort erscheinen würde. Gerade, als der Beamte zum Hörer greifen wollte, sah Brodersen die Zivilfahrzeuge des SEK um die Ecke biegen. Mit quietschenden Reifen kamen die Wagen zum Stehen. Mehrere maskierte Männer mit armeegrünen Polizeijacken und schusssicheren Westen sprangen aus den Fahrzeugen und gingen in Deckung. Der Einsatzleiter kam auf Brodersen zugelaufen.

»Bosshart«, sagte der Mann. »SEK. Sind Sie Hauptkommissar Brodersen?«

Brodersen nickte. Dann wies er auf Drigalskys Haus. »Der Kerl hat auf mich geschossen. Eine Person ist in seiner Gewalt. Eine junge Frau namens Franziska Dehnert.«

»Konnten Sie erkennen, um was für einen Täter es sich handelt? Sind Sie sicher, dass es ein Mann war?«

Brodersen erläuterte in knappen Worten, was er gesehen hatte. Viel konnte er nicht sagen. Er wusste nicht einmal, ob es sich um einen Einzeltäter handelte, oder ob der Mann Komplizen hatte.

Einsatzleiter Bosshart gab seinen Leuten ein paar Anweisungen. Dann holte er aus einem der SEK-Wagen ein Megaphon und richtete es auf das Haus.

»Hier spricht die Polizei«, rief er. »Das Haus ist umstellt und alle Rückzugswege sind abgeschnitten. Kommen Sie mit erhobenen Händen heraus und ergeben Sie sich!«

Brodersen war nicht wohl bei dem Gedanken, dass der Mann in Drigalskys Haus durchdrehen und Franziska Dehnert erschießen könnte, wenn ihm die Ausweglosigkeit seiner Situation klar werden würde. »Der Kerl hat eine Geisel. Halten Sie es für klug, ihn derart unter Druck zu setzen?«

Bosshart blickte Brodersen ernst an. »So ist unsere Taktik. Und sie folgt erprobten Grundsätzen.«

Brodersen dachte daran, dass er etwas Ähnliches am Morgen zu Richartz gesagt hatte. Gerade als er etwas entgegnen wollte, krachte ein Schuss und eine der Fensterscheiben im Obergeschoss splitterte.

Bosshart riss Brodersen in Deckung.

Ein weiterer Schuss fiel.

Brodersen fragte sich, ob das Feuer vom Geiselnehmer stammte oder ob der Schütze in den Reihen des SEK zu finden sei.

Bosshart riss das Megaphon hoch und brüllte zum Haus hinüber: »Stellen Sie sofort das Feuer ein! Ich wiederhole: Stellen Sie sofort das Feuer ein!«

Also war es doch der Mann in Drigalskys Haus, der geschossen hatte.

»Der ist ja völlig verrückt«, rief Bosshart. »Ballert auf uns, obwohl er sich ausmalen kann, dass wir schwer bewaffnet sind ...«

Brodersen blickte zum Fenster des Hauses hinüber. »Aber was nützt euch das? Solange er die Geisel hat, könnt ihr eh nichts machen.«

Bosshart verzog das Gesicht. Offenbar war ihm klar, dass Brodersen Recht hatte.

Einige Augenblicke lang schwiegen sie. Dann klingelte Brodersen Handy. Irritiert nahm er das Gespräch entgegen.

Eine unbekannte Stimme meldete sich. »Sind Sie der Mann, der aus Theo Drigalskys Arbeitszimmer geflüchtet ist?«

Brodersen überkam ein Schauer. »Wer spricht da?«

»Der Mann, der auf Sie geschossen hat ...«

Brodersen zog Bosshart an sich heran, damit dieser mithören konnte. »Woher haben Sie meine Nummer?«

»Die junge Dame war so freundlich, mir Ihre Visitenkarte zu geben.«

Brodersen sah wieder zu den Fenstern. Noch immer bewegte sich nichts. »Was zum Teufel wollen Sie?«

»Freies Geleit. Einen Fluchtwagen und fünfhunderttausend Euro in bar ...«

»Sie sind wahnsinnig!«, brüllte Brodersen in das Handy.

Als Antwort erhielt er ein verzerrtes Lachen. »Wenn Sie nicht tun, was ich verlange, wird die junge Frau neben mir dran glauben müssen. Also: Meine Bedingungen kennen Sie.«

Es knackte.

»Verflucht!«, schrie Brodersen. »Der Kerl hat aufgelegt.«

Bosshart griff nach seinem Funksprechgerät und gab die neuesten Informationen an die Leitstelle durch.

»Was haben Sie vor?«, fragte Brodersen.

»Na, was wohl? Wir werden ihm seine Wünsche erfüllen. Ein Fluchtfahrzeug ist bereits auf dem Weg hierher. Und das Geld bringen meine Leute auch gleich mit.«

»Sie wollen sich widerspruchslos auf seine Forderungen einlassen?« Brodersen war überrascht.

»Was bleibt uns anderes übrig? Das Leben der Geisel geht vor, das ist doch klar. Und glauben Sie mir, wir kriegen den Kerl so oder so.«

»Ihr Wort in Gottes Ohr«, seufzte Brodersen.

Bosshart zuckte mit den Schultern und verschwand in einem der Einsatzfahrzeuge.

Eine gute Viertelstunde später stand ein royalblauer VW Passat vor Drigalskys Haus. Fahrer- und Beifahrertür waren weit geöffnet. Auf der Motorhaube hatten die Beamten des Sondereinsatzkommandos den Lederkoffer mit der halben Million abgelegt.

Brodersen hatte die Verrichtungen der Kollegen ebenso aufmerksam wie sprachlos verfolgt. Als Bosshart mit dem Megaphon auf ihn zugelaufen kam, wies Brodersen auf den Geldkoffer. »Wollen Sie dem Kerl im vollen Ernst das Geld zukommen lassen?«

Bosshart grinste. »Die Scheine sind präpariert. Der alte Trick. Wenn er mit ihnen in Berührung kommt, werden sich seine Hände in leuchtendem Rot verfärben. Natürlich erst, wenn er sie ins Wasser hält. Und die Farbe geht vorläufig nicht ab ...«

Brodersen nickte. Er hoffte, dass die Leute vom SEK wussten, was sie taten.

Bosshart hob das Megaphon an und schaltete es ein. »Wir haben Ihre Forderungen erfüllt. Der Wagen steht bereit, der

Tank ist voll. Und im Koffer befindet sich das geforderte Geld.«

Brodersen starrte zum Hauseingang. Nichts geschah.

»Ich wiederhole«, rief Bosshart, »Ihre Forderungen sind alle erfüllt. Verlassen Sie jetzt das Haus und geben Sie die Geisel frei.«

Fast unmittelbar nachdem Bossharts Worte verhallt waren, meldete sich Brodersens Mobiltelefon.

»Ich komme in fünf Minuten raus«, sagte der Mann. »Aber ich nehme die Frau mit. Ihr wird nichts passieren. Ich lasse sie frei, wenn ich mir sicher bin, dass wir nicht verfolgt werden.«

Brodersen warf Bosshart einen fragenden Blick zu. Der Einsatzleiter hatte mitgehört. Er nickte.

»In Ordnung«, sagte Brodersen und beendete die Verbindung.

Dann warteten sie. Es war totenstill. Außer dem Rascheln der Blätter an den Straßenbäumen war kein Laut zu vernehmen.

Nach viereinhalb Minuten kam der Mann aus der Tür. Er trug eine Pudelmütze über das Gesicht gezogen, in die er zwei Sehschlitze geschnitten hatte. Franziska Dehnert schob er vor sich her. An ihren Hals presste er eine Waffe. Langsam gingen sie auf den Fluchtwagen zu und Brodersen bemerkte, wie unsicher der Mann war. Ständig drehte er den Kopf nach allen Richtungen. Anscheinend erwartete er einen Hinterhalt.

Der Kerl ist kein Profi, dachte Brodersen. Hoffentlich dreht er nicht durch.

Der Mann nahm den Koffer von der Motorhaube, ohne ihn zu öffnen. Dann drängte er zur Fahrertür und schob

Franziska Dehnert in den Wagen. Er fuchtelte mit dem Revolver umher und schien ihr irgendwelche Anweisungen zu geben. Offenbar sollte sie auf den Beifahrersitz hinüberrutschen.

In dem Moment, als der Mann sich anschickte, selbst in das Fluchtfahrzeug zu steigen, war er unachtsam. Er war mit dem Geldkoffer an der offenen Fahrertür hängen geblieben und hielt die Waffe für einen Moment lang nicht mehr auf seine Geisel gerichtet. Es war nur ein kurzer Augenblick, aber er reichte den Scharfschützen des SEK, dem Mann mit einem gezielten Treffer den Revolver aus der Hand zu schießen.

Stöhnend krümmte sich der Mann vor Schmerz. Noch bevor er richtig verstanden zu haben schien, was passiert war, hatten ihn mehrere Einsatzkräfte unter Kontrolle.

Brodersen spürte die Erleichterung deutlich. Die Geiselnahme war beendet.

Ohne auf ein Wort von Bosshart zu warten, rannte er zu dem Fluchtwagen, in dem Franziska Dehnert noch immer saß, riss die Beifahrertür auf und zog die junge Frau aus dem Fahrzeug.

Sie zitterte so stark, dass Brodersen sie stützen musste. Ein herbeieilender Notarzt nahm sie ihm ab und führte sie zu einem Rettungswagen. Der Geiselnehmer lag auf dem Boden. Die Leute vom SEK hatten ihm Handfesseln angelegt und die Mütze vom Kopf gezogen.

Brodersen hatte den Mann – den kurzen Augenblick in Drigalskys Haus ausgenommen – noch nie zuvor gesehen. Er war vielleicht Mitte vierzig, leicht ergraut und trug einen Zwirbelbart. Röchelnd blickte er um sich.

»Wie sieht es mit der Schusswunde aus?«, fragte Brodersen den Rettungssanitäter, der dabei war, die Hand des Mannes zu verbinden.

»Halb so schlimm. Ein glatter Durchschuss. Wird rasch heilen.«

Brodersen nickte. Dann bat er Bosshart um eine Überstellung des Geiselnehmers zur Vernehmung in die Keithstraße. Der Einsatzleiter versprach, sich darum zu kümmern.

Um sechzehn Uhr machte sich Brodersen auf den Weg ins Präsidium. Er fragte sich, welche Rolle der Geiselnehmer in der ganzen Geschichte spielte. War er der Schlüssel zu all den verschlossenen Türen, die sie bisher gefunden hatten? Oder wieder nur ein weiterer Riegel?

8. Kapitel

Um zweiundzwanzig Uhr dreißig saß Brodersen noch immer in seinem Büro und wartete darauf, mit der Vernehmung des Geiselnehmers beginnen zu können.

Inzwischen hatten sie einiges über den Mann herausgefunden: Er hieß Helmut Oppelt, war zweiundvierzig Jahre alt und wohnte mit seiner Ehefrau und zwei neunjährigen Töchtern, einem Zwillingspärchen, schräg gegenüber von Drigalskys Haus in einer angemieteten Zweifamilienhausetage. Oppelt war Buchdrucker und arbeitete in einem kleinen Laden in Schöneberg. Vorbestraft war er nicht und auch sonst fand sich sein Name in keinem polizeilichen Datensystem. Der Mann hatte noch nicht einmal einen Punkt in Flensburg.

Brodersen fragte sich, was einen solchen Menschen dazu bringen konnte, eine derartige Straftat zu begehen.

Müde rieb er sich die geschwollenen Augenlider. Dann erhob er sich und kochte Kaffee. Noch einen. Als er zwei Stückchen Würfelzucker in seine Tasse warf, fiel ihm der Lottogewinn wieder ein. Koch hatte nicht mehr darüber gesprochen und Brodersen fragte sich, wie viel sie wohl gewonnen haben mochten. Vielleicht würde es ja für einen neuen Staubsauger reichen. Der alte hatte Anfang vergangener Woche mit einem lauten Knall seinen Geist aufgegeben.

Als er dabei war, den fertigen Kaffee in die Tasse zu gießen, klopfte es. Brodersen stellte die Kanne in die Maschine zurück. »Ja bitte.«

Die Tür wurde geöffnet und Koch steckte seinen Kopf herein. »Oppelt sitzt im Vernehmungsraum. Wir können beginnen.«

»Fein.«

»Möchtest du erst allein mit ihm sprechen oder soll ich gleich mitkommen?«

»Wir sprechen gemeinsam mit ihm. Ist Gronau noch im Haus?«

Koch nickte. »Er sitzt an seinem Computer und ärgert sich mit dem neuesten Update herum.«

»Dann hol' ihn. Ich möchte, dass er bei der Befragung dabei ist. Zu dritt können wir Oppelt besser in die Mangel nehmen.«

»Okay. In drei Minuten im Vernehmungszimmer.«

Brodersen sah Koch hinterher, als er verschwand. Dann schaltete er die Kaffeemaschine ab, schnappte sich seine Tasse und machte sich auf dem Weg.

Vor dem Vernehmungszimmer blieb er stehen und wartete. Koch und Gronau kamen nach wenigen Augenblicken.

»Ich bin gespannt, was er uns zu sagen hat«, meinte Koch und drückte auf die Türklinke. Dann betraten sie den Raum.

Oppelt saß mit zusammengezogenen Schultern am Tisch. Seine rechte Hand zierte ein Verband. Brodersen setzte sich ihm gegenüber und schaute ihn einige Sekunden lang forschend an. Dann begann er mit dem Verhör.

»Herr Oppelt, was hatten Sie im Haus von Theo Drigalsky zu suchen?«

Oppelt schwieg. Offenbar war er sich des Ernstes der Lage nicht bewusst.

Brodersen nahm einen Schluck aus seiner Kaffeetasse. »Was Ihnen vorgeworfen wird, dürfte Ihnen bekannt sein:

Einbruch, Geiselnahme, versuchter Mord an einem Polizeibeamten. Und schließlich vollendeter Mord an Staatsanwalt Theo Drigalsky.«

Bei den letzten Worten war in Oppelts Gesichtsausdruck eine Veränderung zu erkennen gewesen. Er hob den Kopf und schaute Brodersen mit weit aufgerissenen Augen an.

»Damit habe ich nichts zu tun«, fispelte er.

»Und weshalb sollten wir Ihnen das glauben? Sie haben eine Geiselnahme verübt und auf mich geschossen. Weshalb sollten Sie nicht auch Drigalsky ermordet haben?«

»Weil ich es nicht war. Glauben Sie mir, ich bin kein Mörder.«

»Was wollten Sie dann in Drigalskys Haus?«

»Die Waffensammlung«, sagte Oppelt. »Ich kannte Theo seit einigen Jahren und wusste von seinen Schätzen. Da konnte ich als Sammler einfach nicht widerstehen.« Er zögerte. »Auch wenn meine Frau vielleicht anderer Meinung war und mir dazwischen funkte.«

»Wie meinen Sie das?«

»Na ja, die hat gesagt, ich solle die Finger davon lassen, bei Drigalsky einzusteigen. Die ist sogar so weit gegangen und hat bei einem Ihrer Kollegen angerufen, damit Sie in Drigalskys Haus kommen und die Waffen beschlagnahmen ...«

»Moment, Moment. Was hat Ihre Frau getan?«

»Angerufen. Anonym. Sie müssen doch davon wissen. Petra hat irgendwas davon gefaselt, dass Sie in Drigalskys Haus die Beweise für seinen Tod finden würden. Und das nur, weil sie mir die herrlichen Stücke nicht gönnte. Theo hatte doch keine Angehörigen. Es hätte doch niemandem geschadet ...«

Brodersen war verwirrt. Daran, dass Koch einen anonymen Anruf erwähnt hatte, konnte er sich erinnern. »Aber weshalb haben Sie dann auf mich geschossen? Und warum die Geiselnahme?«

Oppelt schüttelte zaghaft den Kopf. »Ich weiß es nicht. Es war eine Kurzschlusshandlung. Ich hatte gerade einige Waffen aus dem Schrank genommen, als ich an der Tür Geräusche hörte. Dann bin ich in die Küche gerannt und habe mich versteckt. Als Sie das Arbeitszimmer stürmten, wollte ich abhauen. Irgendwie hat sich dann ein Schuss gelöst. Und auf einmal stand die junge Frau in der Haustür. Ich habe einen solchen Schreck bekommen, dass ich den Revolver auf sie richtete. Ich dachte doch, der Revolver sei mit Platzpatronen geladen ... und da hab ich den Revolver an ihren Kopf gedrückt und sie als Geisel genommen.«

»Wie sind Sie eigentlich mit Herrn Drigalsky in Kontakt gekommen?«, mischte sich Koch ein. »Ich meine, in seinen Kreisen werden Sie ja wohl kaum verkehrt haben. Sie sind ja nun eher ein einfacher Typ, wenn ich das mal so sagen darf. Und Drigalsky war finanziell zweifelsohne etwas besser gestellt ...«

»Etwas besser? Theo war stinkend reich! In seiner Brieftasche steckte die Centurion-Card von American Express. Die kostet allein schon tausend Euro Kartengebühr im Jahr!«

»Das ist keine Antwort auf meine Frage, Oppelt. Also: Wie sind Sie mit Drigalsky in Verbindung gekommen?«

»Durch den Sportverein. Wir waren beide Mitglieder im Schützenverein *Barnimland*. Theo war ein begeisterter Sportschütze mit einem Faible für hochwertige Waffen. Da ich mich auch dafür begeisterte, waren wir bald befreundet.«

Koch warf Oppelt einen undefinierbaren Blick zu. »Das sollen wir Ihnen glauben?«

»Es ist die Wahrheit.«

Wenn es stimmt, was Oppelt sagt, wäre das eine Erklärung für die Waffen, die wir in Drigalskys Haus gefunden haben, dachte Brodersen.

Dennoch. Da Drigalsky keine Erlaubnis zum Besitz der Waffen besaß, war sein Tun ungesetzlich. Und das war eine schlechte Eigenschaft für einen Staatsanwalt. Eine Eigenschaft, die die Vermutung aufkommen ließ, dass er es auch in anderen Bereichen mit Recht und Gesetz nicht so genau genommen haben könnte.

»Und da Sie scharf auf Drigalskys Sammlung waren, sind Sie also in sein Haus eingedrungen und wollten sich bedienen, richtig?«

Oppelt nickte.

»Und dann haben Sie versucht, mich zu erledigen«, fuhr Brodersen fort, »nur weil ich Sie überrascht habe?«

Oppelt sprang auf. »Nein!«, schrie er. »Ich habe doch schon gesagt, wie es war. Ich wollte abhauen und dabei hat sich ein Schuss gelöst.« Der Mann sank auf den Stuhl zurück und brach in Tränen aus. »Ich hab das nicht gewollt. Ich hab das doch alles nicht gewollt.«

Brodersen sah dem heulenden Bündel einige Augenblicke zu. Dann erhob er sich. »Sie bleiben vorerst in Haft. Zumindest so lange, bis wir Ihre Angaben überprüft haben.«

Er gab dem an der Zimmertür sitzenden Beamten einen Wink und Oppelt wurde abgeführt. Als der Mann aus dem Raum war, griff Brodersen wieder nach seiner Kaffeetasse und trank den letzten, nunmehr kalten Schluck.

»Was haltet Ihr von dem?«, fragte Koch.

Brodersen und Gronau zuckten fast gleichzeitig mit den Schultern.

»Ein armer Irrer«, sagte Brodersen, »riskiert wegen seiner Sammelleidenschaft ein paar Jahre Knast.«

Koch kratzte sich an der Schläfe. »Du glaubst ihm seine Version?«

»Warum nicht? Ich habe nicht den Eindruck, als könnte etwas anderes dahinter stecken. Gleichwohl werden wir Oppelt in jeder Hinsicht auf irgendwelche kriminellen Beteiligungen und auf mögliche frühere Verfahren abklopfen. Im Übrigen halte ich es für eine wichtige Erkenntnis, dass Drigalsky Sportschütze war.«

Gronau räusperte sich. »Was Drigalskys Waffenbesitz angeht, muss ich kurz einhaken. Der war nämlich nicht illegal.«

Brodersen warf seinem Kollegen einen verwunderten Blick zu. »Ich denke, Drigalsky hatte keinen Waffenschein?«

»Das stimmt im Prinzip auch«, antwortete Gronau. »Aber vielleicht hätte ich meine Anfrage an das Referat Ordnungsaufgaben etwas genauer formulieren sollen. Die Kollegen am Kaiserdamm haben nämlich nur im Waffenscheinregister, aber nicht im Waffenbesitzkartenregister nachgesehen.«

»Und das heißt?«

»Das heißt, dass Drigalsky Inhaber einer Waffenbesitzkarte war. Er ist beim LKA 5222 als Sportschütze registriert. Er durfte Waffen besitzen und zu sportlichen Zwecken nutzen.«

Brodersen fuhr sich mit der flachen Hand über das Gesicht und stöhnte. »Dann ist diese Spur also auch erledigt.«

Gronau zuckte mit den Achseln. »Sieht so aus.«

Brodersen blickte zur weiß tapezierten Wand, an der eine Uhr mit Datumsanzeige hing.

Es war null Uhr zwölf. Am Mittwoch, dem 22. Mai 2002.

9. Kapitel

Als Brodersen erwachte, war es bereits Mittag. Erst gegen zwei war er ins Bett gekommen. Obwohl er todmüde gewesen war, hatte er nicht einschlafen können. Die Drigalsky-Sache ließ ihn einfach nicht los. Irgendwo musste der Schlüssel zu all den offenen Fragen und ungeklärten Rätseln doch stecken.

Wenn man es recht betrachtete, standen sie noch immer ganz am Anfang. Sie hatten zwar eine Menge Informationen zusammengetragen, aber im Endeffekt nutzen die ihnen gar nichts.

Gegen halb fünf war er endlich in einen tiefen und traumlosen Schlaf gefallen. Nun, am Mittag, fühlte er sich frisch und fit. Pfeifend verließ er das Bett und lief in die Küche. Er setzte die Kaffeemaschine in Gang und stellte eine Pfanne auf den Herd. Als er aus dem Kühlschrank ein Ei holen wollte, stellte er fest, dass er keines mehr besaß. Auch die Butter war so gut wie alle. Eine halb vertrocknete Scheibe Wurst, deren Ränder sich bereits wölbten und ein Kräuterkäse, dessen Haltbarkeitsdatum vor zwei Wochen verstrichen war – mehr lag nicht darinnen. Missmutig ließ er die Kühlschranktür zufallen und schaltete den Herd wieder ab. Seine gute Laune war verschwunden.

Brodersen ging ins Bad und erleichterte sich. Dann trank er seinen Kaffee, griff sich die Wagenschlüssel und verließ das Haus. Er hatte vor, zunächst ins Präsidium zu fahren.

Als er die Bornholmer Brücke passierte, fiel ihm Franziska Dehnert ein. Was war eigentlich mit ihr passiert, nachdem die Geiselnahme beendet worden war? Er ärgerte sich, dass er nicht eher daran gedacht hatte, diese Frage zu klären. Schließlich war er es, der die junge Frau zu Drigalskys Haus bestellt hatte. Andererseits sagte er sich, dass Selbstvorwürfe fehl am Platze waren. Woher hätte er schließlich ahnen können, welch gefährliche Situation sich ergeben würde?

Dennoch: Er musste sich um Franziska Dehnert kümmern. Auch wenn die Waffengeschichte seit letzter Nacht geklärt war. Außerdem blieb die Frage nach den Plänen der Raketenbasis. Was es damit auf sich haben könnte, war ihm noch immer völlig schleierhaft. Er glaubte kaum, dass man es mit der Begründung abtun konnte, Drigalsky sei ein Waffennarr gewesen.

In der Pankstraße hielt er an einer Bushaltestelle und rief im Präsidium an. Gronau nahm ab und Brodersen bat ihn herauszufinden, wo Franziska Dehnert sich befand. Möglicherweise hatte der Notarzt sie nach der Geiselnahme zur Beobachtung mitgenommen. Gronau versprach, umgehend zurückzurufen.

Während Brodersen wartete, betrachtete er eine dicke Frau in verschlissenen Kleidern und mit strähnigem Haar, die einen Kinderwagen spazieren schob. In ihrer Hand hielt sie eine Zigarette und um den Kinderwagen liefen zwei große Hunde herum und kläfften. Er fragte sich, wie es möglich war, sich trotz offensichtlicher Armut zwei derartige Hunde zu halten. Die Futterkosten mussten bei solch gewaltigen Exemplaren immens sein.

Dann fiel ihm ein, dass sie noch immer nicht geklärt hatten, woher Drigalskys Reichtum kam. Er zog seinen Taschenkalender aus der Jacke und notierte sich die Frage. Als er ihn zurücksteckte, hupte es laut hinter seinem Volvo.

Brodersen drehte sich um und sah die Vorderfront eines Doppelstockbusses, der in die Haltebucht einbiegen wollte.

Hastig startete Brodersen den Motor und fuhr auf den Bürgersteig. Der Busfahrer sah grimmig herüber und drohte mit der Faust. Während Brodersen noch überlegte, ob er aussteigen und mit dem Mann reden solle, klingelte sein Handy.

»Franziska Dehnert ist gestern am späten Nachmittag von der Rettungsstelle nach Hause gebracht worden«, hörte er Gronaus Stimme.

»Gut. Dann werde ich zu ihr fahren. Anschließend komme ich ins Präsidium.«

»In Ordnung. Übrigens: Wir haben Drigalskys Steuerberater ermittelt. Der Mann heißt Dr. Alexander Hillenberg und hat sein Büro ganz in der Nähe von Franziska Dehnerts Wohnung.«

Brodersen notierte sich die Adresse und versprach, den Mann im Anschluss an seinen Besuch bei Frau Dehnert aufzusuchen. Dann beendete er das Gespräch.

Zehn Minuten nach zwei erreichte er die Wohnung der jungen Frau am Waidmannsluster Damm. Diesmal parkte er direkt vor dem Haus.

Auf sein Klingeln reagierte niemand. Er lief eine Runde um das Haus und sah zu den Fenstern hoch. Sie waren alle geschlossen. Gerade, als er in seinen Wagen steigen und abfahren wollte, kam Franziska Dehnert die Straße entlanggeschlendert. Brodersen steckte seinen Autoschlüssel wieder ein und trat auf sie zu. »Guten Tag, Frau Dehnert.«

Die junge Frau warf ihm einen nichts sagenden Blick zu. »Was wollen Sie von mir?«

Sie hasst mich für das, was gestern in Drigalskys Haus vorgefallen ist, dachte er. Aber ich kann es nicht ändern.

»Mit Ihnen reden.«

Franziska Dehnert holte ein Schlüsselbund aus ihrer Jackentasche und öffnete die Haustür. Dann bedeutete sie Brodersen, ihr zu folgen. Während sie die Treppe zum ersten Stock emporstiegen, schwiegen sie. Erst, als die junge Frau die Wohnungstür geschlossen hatte, sagte sie etwas: »Was war das für ein Mann, gestern in Theos Haus? Und was wollten Sie mir zeigen?«

Brodersen überlegte, was sie mit dem zweiten Teil ihrer Frage meinte. Dann fiel es ihm ein. »Ich wollte Ihnen genau das zeigen, hinter dem auch der Mann her gewesen ist.«

»Und was war das?«

Brodersen zog den Reißverschluss seiner Jacke auf und folgte ihr in den Wohnraum. »Theo Drigalskys Waffensammlung.«

»Und?«

»Wussten Sie davon?«

Franziska Dehnert blies sich eine Haarsträhne aus der Stirn. Dann wies sie auf die Sitzgruppe und Brodersen setzte sich. »Natürlich. Theo hat mir viel über sein Hobby erzählt. Schließlich nahm es einen nicht unbedeutenden Teil seiner Freizeit in Anspruch.«

Brodersen nickte. »Was wissen Sie noch darüber? Ich meine nicht direkt in Bezug auf seine Betätigung als Sportschütze, sondern vielmehr auf seine Sammelleidenschaft von Waffen und Militaria?«

Die junge Frau sah Brodersen fragend an.

»Zum Beispiel, ob sich Ihr ... Freund auch mit anderen Waffen als Pistolen und Revolvern beschäftigt hat. Größeren Waffen.«

»Theo besaß meines Wissens ein paar Gewehre.«

Brodersen schüttelte den Kopf. »Das meine ich nicht. Ich dachte eher an Kriegswaffen.«

Franziska Dehnert hielt erschrocken die Luft an. »Kriegswaffen?«

Brodersen nickte.

»Davon weiß ich nichts. Aber ich kann mir nicht vorstellen, dass Theo für so etwas zu begeistern war. Er war ein engagierter Schütze und ein Liebhaber seiner Waffensammlung. Aber mehr? Nein, mehr kann ich mir nicht vorstellen. Kriegswaffen. Das wäre doch total verrückt.«

»Vielleicht ist es das. Total verrückt. Aber es gibt durchaus Leute, die sich – aus welchem Grunde auch immer – näher mit solcherlei Technik beschäftigen.«

Die junge Frau schüttelte energisch den Kopf. »Mag sein, dass es solche Leute gibt. Aber Theo gehörte gewiss nicht zu ihnen.«

»Wie können Sie sich dessen so sicher sein? Sie kannten den Herrn Drigalsky doch erst seit einem knappen halben Jahr.«

Franziska Dehnert warf Brodersen einen bösen Blick zu. Dann wies sie mit dem Kopf zu einer Kommode, auf der ein Bild Theo Drigalskys stand. »Es stimmt. Ich kannte ihn erst ein halbes Jahr. Aber es kommt mir vor, wie ein halbes Leben.«

Brodersen nickte. Eine Sekunde lang dachte er an seine geschiedene Frau. Über zehn Jahre waren sie verheiratet gewesen. Wie gut hatte er Kathrin gekannt?

Er erhob sich und strich nachdenklich über seine Jacke. Über sich selbst den Kopf schüttelnd, begann er, sich für den Ablauf des gestrigen Ereignisses zu entschuldigen. Dann schloss er routinemäßig: »Wenn Ihnen noch etwas einfällt, was uns helfen könnte, rufen Sie mich an, okay?«

Franziska Dehnert nickte.

Als Brodersen in der geöffneten Wohnungstür stand, fragte sie ihn erneut, wer denn der Mann gewesen sei, der in Theo Drigalskys Haus eingedrungen war.

»Ein Nachbar«, sagte Brodersen. »Er hatte es, wie gesagt, auf die Waffensammlung abgesehen.«

Die junge Frau nickte. »Wie geht es ihm?«

Brodersen zog die Augenbrauen hoch. »Er wird wohl heute Nachmittag aus der Untersuchungshaft entlassen. Körperlich ist er so gut wie unverletzt.«

Sie nickten sich zum Abschied noch einmal zu, dann verschwand Brodersen.

Im Auto dachte er noch einmal darüber nach, was Franziska Dehnert gesagt hatte. Sie schien sich sicher zu sein, Drigalsky zu kennen. Aber kannte sie ihn wirklich? Was steckte hinter dem ebenso brisanten wie ungewöhnlichen Material über die Raketenabschussrampen in seinem Haus? Noch immer war völlig unklar, warum Staatsanwalt Theo Drigalsky einem Mordanschlag zum Opfer gefallen war. Oder handelte es sich am Ende um eine Zufallstat? Hatte Drigalsky jemanden bei irgendetwas überrascht, was nicht für seine Augen bestimmt gewesen war?

Brodersen war ratloser als je zuvor.

Nun also zum Steuerberater. Er machte sich auf den Weg.

Nur knapp vier Minuten brauchte er bis zu der Adresse, die Gronau ihm genannt hatte. Das Büro von Dr. Alexander Hillenberg befand sich in einem Einfamilienhaus mit Flachdach. Neben dem Eingang standen zwei Blumenkübel, die mit Stiefmütterchen bepflanzt waren. Neben der Tür war ein glänzendes Messingschild an die Wand geschraubt:

Dr. Alexander Hillenberg. Steuer- und Finanzberatung stand in geschwungenen Lettern darauf.

Brodersen drückte auf die Klinke. Die Tür war nicht verschlossen. Als er sie aufgeschoben hatte, kam er in einen kleinen Flur, an dessen anderem Ende sich eine Art Warteraum befand. Darin stand ein Glastisch, der von mehreren Freischwingern umrahmt wurde. Auf dem Tisch lagen Wirtschaftsmagazine.

Brodersen sah sich um. Dann entdeckte er den schmalen Tresen, hinter dem eine grauhaarige Frau mit Dutt stand und ihm zulächelte. Sie hatte ihre besten Jahre hinter sich, aber Brodersen bemerkte sofort, dass sie keine Billigklamotten trug. Überdies wies ihr Gesicht makellose Bräune auf und Brodersen überlegte, ob dies auf einen entsprechenden Urlaub im Süden oder auf zahlreiche Solariumsbesuche zurückzuführen sein mochte.

»Kann ich etwas für Sie tun?«, fragte die Dame.

Brodersen zog seinen Dienstausweis aus der Jackentasche. »Brodersen. Kriminalpolizei. Ich möchte zu Herrn Dr. Hillenberg. Ist er da?«

Die Frau nickte. »Nehmen Sie doch einen Moment Platz, ich werde Sie anmelden. Möchten Sie derweil einen Kaffee?«

Brodersen schüttelte den Kopf. Obwohl er eine Dosis Koffein gut hätte gebrauchen können, musste er ablehnen. Im Dienst durfte er keine Vergünstigungen annehmen. Nicht einmal einen lächerlichen Kaffee.

Während die grauhaarige Frau im Nebenzimmer verschwand, ließ Brodersen sich auf einen eleganten Freischwinger fallen. Er griff nach einer der Zeitschriften auf dem Glastisch und blätterte gelangweilt darin herum. Von dem, was dort geschrieben war, verstand er kaum etwas. Es ging um Aktienanalysen und irgendwelche Wirtschaftsprognosen. Nach kurzer Zeit warf er das bunte Magazin zurück auf den Tisch. Nur einen Augenblick später öffnete sich die Tür, hinter der die ältere Dame soeben verschwunden war, und ein kräftiger Mann kam schwungvoll auf Brodersen zu. Er trug ein kirschrotes Sakko und dunkelblaue Jeans. Auf seiner Glatze spiegelte sich das Licht des Deckenspots.

»Hillenberg«, sagte er. »Sie wollten mich sprechen?«

Brodersen erhob sich und schüttelte die ihm hingehaltene Hand. »Es geht um einen Ihrer Klienten: Theo Drigalsky.«

Als Brodersen den Namen ausgesprochen hatte, war das Lächeln aus Hillenbergs Gesicht gewichen. »Eine äußerst unschöne Geschichte«, sagte er. Dann bat er Brodersen in sein Büro.

Hillenbergs Schreibtisch war übervoll von Papieren und Gesetzbüchern. Rasch kramte der Steuerberater einen Stapel Akten zusammen, der auf dem Besucherstuhl gelegen hatte, und stopfte sie in ein ebenfalls überfülltes Regal. Dann wies er auf das nun frei gewordene Sitzmöbel. »Bitte, nehmen Sie Platz.«

Während Alexander Hillenberg sich eine Zigarette entzündete, ließ Brodersen sich nieder. Er zog seinen Collegeblock und einen Kugelschreiber aus der Jacke und sah dem Steuerberater zu, wie dieser genüsslich den Tabakrauch inhalierte.

»Wie gesagt«, nahm Brodersen das Gespräch wieder auf, »es geht um Herrn Drigalsky. Wie lange war er schon Ihr Klient?«

Hillenberg ließ sich mit der Lehne seines Lederdrehstuhles nach hinten kippen. »Lassen Sie mich nachdenken.

1994 habe ich hier mein Büro eröffnet. Zunächst nur als Versicherungsvertreter und Vermögensberater. Drei Jahre später hatte ich dann meinen Abschluss als Steuerberater in der Tasche und habe die Geschäfte erweitert. Theo war einer meiner ersten Kunden in diesem Sektor. Also muss es so vor etwa fünf Jahren gewesen sein.«

Brodersen notierte sich, was Hillenberg gesagt hatte ... vor allem die informelle Anrede »Theo«. Dann fragte er nach Drigalskys Vermögen.

Hillenberg verzog das Gesicht. »Ich bin eigentlich nicht befugt, derartige Auskünfte zu erteilen.« Er zog erneut an seiner Zigarette und blies eine blaue Wolke in den Raum. »Aber angesichts dessen, dass Theo keine Erben hat und sein Vermögen daher ohnehin dem Staat anheimfallen wird, kann ich in diesem Fall wohl darüber hinwegsehen.«

Brodersen verzog keine Miene. Er fragte sich, ob Drigalsky nicht vielleicht doch ein Testament hinterlassen haben könnte. Das würde das Schicksal seines Vermögens dramatisch verändern.

Alexander Hillenberg griff in einen der Papierstapel auf seinem Schreibtisch. Gezielt zog er einen Zettel heraus und legte ihn vor Brodersen auf die Tischplatte. Es handelte sich um einen Kontoauszug der Commerzbank für ein Konto auf den Namen Theo Günter Drigalsky. Der Auszug datierte vom 2. Mai 2002 und wies ein Guthaben in Höhe von annähernd vier Millionen Euro auf.

»Dazu kommen noch etwa fünfhunderttausend in Aktien und Fondsanteilen. Außerdem besaß Theo eine Beteiligung an einer mittelständischen Firma in Niederbayern. Die stellen irgendwas in Richtung Isolierstoffe her. Theo hat dem Unternehmen vor kurzem mit einem sechsstelligen Betrag aus einer finanziellen Notlage geholfen und ist dafür als Teilhaber in die Firma eingestiegen.«

Brodersen nickte. Er fragte sich, ob Drigalsky die Sache wohl seiner Dienstbehörde gemeldet hatte. Nach dem Landesbeamtengesetz wäre er dazu auf jeden Fall verpflichtet gewesen.

Er tippte mit seinem Kugelschreiber auf den Kontoauszug. »Das alles sieht nach sehr, sehr viel Geld aus, Herr Hillenberg. Können Sie mir sagen, wie Theo Drigalsky zu solch einem Vermögen gekommen ist?«

Der Steuerberater zog ein letztes Mal an seiner Zigarette und drückte sie dann in einem Kristallaschenbecher aus, der auf dem Schreibtisch stand und wie dieser überzuquellen drohte.

»Theo Drigalskys Vater war Vorstandsvorsitzender eines der größten deutschen Pharmakonzerne«, sagte Hillenberg. »Kurz bevor Theo zur Schule kam, verunglückten seine Eltern bei einem Flugzeugabsturz vor der Küste von Puerto Rico. Da Theo das einzige Kind war, erbte er das gesamte Vermögen. Seinerzeit ein achtstelliger D-Mark-Betrag.«

Brodersen hob die Augenbrauen. Also war es eine Erbschaft, die hinter dem Reichtum des Staatsanwaltes steckte. Keine Absonderlichkeiten, keine krummen Dinger und auch kein Lottogewinn. Es schien, als würde sich jede Spur, die einen Ansatz für ihre Ermittlungen hätte darstellen können, als völlig plausibel und nachvollziehbar herausstellen. Nichts wies auf Unregelmäßigkeiten hin, die Drigalskys Tod hätten erklären können. War es also doch eine Zufallstat?

Brodersen bedankte sich bei Dr. Hillenberg und erhob sich. Er drückte dem Steuerberater eine Visitenkarte mit seiner dienstlichen Telefonnummer in die Hand und verließ nach einer kurzen Verabschiedungsfloskel das Haus.

Kurz vor siebzehn Uhr rollte er durch die Toreinfahrt des Landeskriminalamtes in der Keithstraße. Er stellte seinen Wagen auf einen der Mitarbeiterparkplätze und nahm dann den Aufzug zu seinem Büro.

Nachdem er seine Jacke in den Schrank gehängt und sich mit einem Kamm die Haare in eine einigermaßen vernünftige Form gebracht hatte, griff er zum Telefon und meldete sich bei Gronau zurück.

»Wieschalla hat nach dir gefragt«, klang es aus dem Hörer. »Er will dich heute noch sehen.«

Brodersen warf einen Blick auf seine Armbanduhr. »Der ist noch im Hause?«

»Ich glaube schon.«

Brodersen erläuterte kurz, was er von Dr. Hillenberg erfahren hatte, und teilte Gronau mit, dass er vorhabe, noch bis gegen zwanzig Uhr in der Dienststelle zu bleiben. Er musste sich endlich die Zeit nehmen und einen Bericht über den Stand der Ermittlungen zu Papier bringen. Oberstaatsanwalt Richartz würde ihm die Hölle heiß machen, wenn er nicht bald mit Material über den Ermittlungsfortgang versorgt würde.

Nachdem er das Telefonat beendet hatte, blieb er noch einen Moment lang regungslos an seinem Schreibtisch sitzen. Obwohl er erst gegen Mittag aufgestanden war, fühlte er sich todmüde. Offenbar fehlte ihm eine ganze Menge Schlaf. Die Ereignisse der letzten Tage schienen ihn mehr gefordert zu haben, als er bislang angenommen hatte.

Irgendwann fiel ihm ein, dass Wieschalla ihn sprechen wollte. Er erhob sich, schaltete seine Schreibtischlampe aus und ging zur Tür.

Kurz bevor er die Klinke niederdrückte, klingelte sein Telefon. Seufzend machte er kehrt, hob ab und meldet sich. »Was haben Sie sich dabei gedacht?«, hörte er eine vibrierende Frauenstimme. »Schämen Sie sich nicht?«

Brodersen brauchte einen Augenblick, bis er realisierte, wer ihn angerufen hatte. »Was meinen Sie damit, Frau Dehnert?«

Die junge Frau am anderen Ende stieß einen verärgerten Zischlaut aus. »Was ich damit meine? Ich meine natürlich die Verhaftung meines Vaters ...«

10. Kapitel

Brodersen war vollkommen überrascht. Warum wusste er nichts von der Verhaftung Dehnerts? Aus welchem Grund hatte man den sächsischen Gastwirt überhaupt festgenommen?

Wütend knallte Brodersen seine Bürotür zu und stapfte zu Kriminaloberrat Wieschalla.

Sein Chef führte gerade ein Telefongespräch, als Brodersen eintrat. Wieschalla wies auf den Besucherstuhl vor seinem Schreibtisch und Brodersen nahm unwillig Platz. Er hatte Wieschalla seine Wut ungebremst an den Kopf schmettern wollen, stattdessen saß er nun knurrend vor seinem Chef und wartete, bis dieser sein Telefonat beendet hatte.

Mit halbem Ohr hörte Brodersen, um was es ging. Irgendein Bürger schien sich über das Verhalten eines Mitarbeiters ihres Kommissariats zu beschweren. Wieschalla versuchte den Mann zu beruhigen und von der Einlegung einer Dienstaufsichtsbeschwerde abzuhalten.

Während er genervt wartete, überlegte Brodersen, welchen seiner Kollegen die Beschwerde des Anrufers wohl betreffen könne. Dass er selbst der Unhold sein würde, schloss er aus.

Nach einer Ewigkeit beendete Wieschalla das Gespräch. Mit einem Papiertaschentuch wischte er sich über die Stirn. »Manche Leute können einem wirklich den letzten Nerv rauben«, stöhnte er.

Brodersen warf ihm einen nichts sagenden Blick zu. »Warum weiß ich nichts davon, dass Dieter Dehnert verhaftet worden ist?«

Wieschalla hielt mitten im Stirnwischvorgang inne. Er knüllte das Taschentuch zu einer Kugel zusammen und warf es in den Papierkorb neben seinem Schreibtisch.

»Deshalb wollte ich Sie ja sprechen«, sagte er und schob Brodersen ein Schriftstück zu, das er aus einer seiner grünen Umlaufmappen entnahm. Schweigend las Brodersen das Dokument. Es handelte sich um einen Ermittlungsbericht des sächsischen LKA, der von Kriminalkommissar Michael Thiermann unterzeichnet war. Tenor des Berichtes war die Feststellung, dass Doreen Reichenbach, Kellnerin des Gasthofs *Felsenblick* in Altendorf, bei einer neuerlichen Befragung ihre Aussage bekräftigt hatte und Dieter Dehnert weiterhin des Mordes an Theo Drigalsky bezichtigte.

Kopfschüttelnd schob Brodersen das Schriftstück von sich. »Das sind doch Hirngespinste«, sagte er gereizt. »Es steckt nichts weiter als eine völlig unbewiesene und aus der Luft gegriffene Vermutung dahinter. Die Aussage von Frau Reichenbach ist vor Gericht keinen Pfifferling wert.«

»Aber sie existiert«, hielt Wieschalla dagegen. »Und Oberstaatsanwalt Richartz hat sie offenbar überzeugt. Er hat umgehend bei den Dresdener Kollegen um Amtshilfe gebeten und eine sofortige Verhaftung Dehnerts gefordert.«

Brodersen verzog das Gesicht zu einer schmerzhaften Grimasse. »Richartz«, stöhnte er. »Wenn ich nur diesen Namen höre, kommt mir schon der Kaffee hoch. Ich habe ihn noch nie gemocht und schon immer für leicht verrückt gehalten. Nach dem aber, was er sich hier erlaubt hat, scheint er noch dümmer zu sein, als ich bislang geglaubt habe.«

Wieschalla schüttelte heftig den Kopf. »Sie sollten die Wahl Ihrer Worte überdenken, Herr Brodersen. Oberstaatsanwalt Richartz ist ein überaus fähiger und engagierter

Vertreter der Anklagebehörde. Ich wünschte manchmal, es gäbe mehr von seiner Sorte ...«

»Gott bewahre«, stöhnte Brodersen und rieb sich über die Augen. »Einer reicht voll und ganz.«

»Im Übrigen«, fuhr Wieschalla mit Nachdruck fort, »hat er sich über Sie beklagt, nachdem er den Ermittlungsbericht der sächsischen Kollegen gelesen hatte.«

Brodersen warf seinem Chef einen fragenden Blick zu.

»Er hatte Ihnen schon bei unserer Besprechung gestern Vormittag aufgetragen, Dieter Dehnert gründlich zu vernehmen. Dass Sie seiner Weisung nicht nachgekommen sind, hat ihn einigermaßen verärgert.«

»Weisung?«, schrie Brodersen und sprang auf. »Was zum Teufel heißt hier Weisung? Richartz ist wohl vollkommen übergeschnappt! Sein Gelaber gestern früh war so absurd, dass ich es für einen schlechten Scherz gehalten habe. Wir hatten und haben gegen Dehnert nicht das Geringste in der Hand. Und die Aussage dieser Kellnerin kann er sich vors Knie nageln ...«

Wieschalla japste nach Luft. »Was fällt Ihnen ein, hier so herumzuschreien?«, fuhr er Brodersen an. »Sie haben offenbar vergessen, wer Herr der Ermittlungen in einem polizeilichen Verfahren ist, was? Wenn Oberstaatsanwalt Richartz der Meinung ist, dass die Indizien für eine Festnahme ausreichend sind, müssen wir das akzeptieren. Ob wir wollen oder nicht.«

Brodersen schüttelte heftig den Kopf. »Nicht, wenn seine Vorgehensweise in keinem Verhältnis zum Stand der Ermittlungen steht. Und ich kann nur wiederholen, was ich dazu bereits gesagt habe: Wenn er so weitermacht, werde ich eine Meldung an den Generalstaatsanwalt machen.

Offenbar ist Richartz nicht in der Lage, klar zu denken, wenn es um einen toten Kollegen geht.«

Wieschalla hob abwehrend die Hände. »Halten Sie sich bloß zurück. Vielleicht haben Sie nicht ganz Unrecht mit dem, was Sie sagen. Richartz scheint der Tod seines Kollegen sehr nahe gegangen zu sein. Sollten wir dafür nicht ein wenig Verständnis aufbringen?«

Brodersen zuckte mit den Schultern. Ohne auf das, was sein Chef gesagt hatte, nochmals einzugehen, teilte er Wieschalla mit, wie lange er noch im Hause zu bleiben gedachte. Dann verließ er das Büro des Kriminaloberrats.

Vielleicht hat Wieschalla Recht, grübelte Brodersen, während er zu seinem Zimmer zurückging. Wenn er nachdachte, musste er sich eingestehen, dass er selbst schon die nüchterne Sachlichkeit verloren hatte, wenn es um den Tod eines Polizeikollegen gegangen war. Es war nur zwei Mal in seiner Laufbahn als Kriminalist vorgekommen. Jedesmal war es ein schwerer Schlag gewesen. In einem Fall hatte Brodersen bei einem Einsatz seinen engsten Kollegen verloren. Fast fünf Jahre waren Horst Irrgang und er ein Team gewesen. Bis zu jenem Winterabend in Charlottenburg. Es hatte einen kurzen Schusswechsel gegeben und Irrgang war von einer der abgefeuerten Kugeln getroffen worden. In Brodersens Armen war er gestorben. Damals hatten sie alle Kräfte mobilisiert, um den Täter dingfest zu machen. Schließlich war es ihnen gelungen. Während der Ermittlungen kam es allerdings zu einigen Unregelmäßigkeiten und mitunter hatten sie sich hart am Rande der Legalität bewegt.

Als Brodersen sein Büro erreichte, verscheuchte er die düstere Erinnerung. Mit Richartz würde er gelegentlich reden müssen. Und mit Thiermann in Dresden auch. Lange würden sie Dehnert wohl kaum festhalten können. Es gab nichts, was seine Schuld auch nur annähernd beweisen würde.

Brodersen fragte sich, was der zuständige Staatsanwalt in Dresden wohl zu Richartz' Amtshilfeersuchen gesagt hatte. Nach Lage der Dinge hätte er ihn eigentlich für vollkommen durchgeknallt halten müssen. Offenbar war man dem Ansinnen des Berliner Kollegen zunächst jedoch widerspruchslos nachgekommen.

Er griff nach seiner Kaffeekanne und trabte zur Teeküche, um Wasser zu holen. Als er zurückkam, traf er Gronau, der mit zwei Einkaufstüten unterwegs war.

»Ich mach' mich vom Acker«, sagte Gronau. »Für heute reicht's.«

Brodersen nickte. »Schönen Feierabend.«

Gronau schwenkte die Tüten und setzte seinen Weg fort.

Kurz bevor Brodersen in seinem Büro verschwunden war, hörte er Gronau rufen. »Ich habe ganz vergessen, dir zu sagen, dass Koch heute in eine Schlägerei verwickelt worden ist. Er liegt mit einer angebrochenen Rippe im Rudolf-Virchow-Klinikum.«

Brodersen erstarrte. »Was um alles in der Welt ist denn passiert?«

Gronau zuckte mit den Schultern. »Genaueres weiß ich auch nicht. Es hatte wohl irgendwas mit der Autohändlersache zu tun, an der er noch immer hängt.«

»Ich werde ihm morgen einen Krankenbesuch abstatten«, entgegnete Brodersen leicht verwirrt und winkte Gronau zum Abschied zu.

Nachdenklich betrat er sein Büro und schloss hinter sich die Tür. Wenn er sich recht erinnerte, war Koch seit Wochen mit einem Fall betraut, bei dem er nur schleppend vorankam. Irgendein Autohändler war in seinem Geschäft erschlagen worden. Offenbar war Thomas Koch bei seinen Ermittlungen in ein gefährliches Milieu geraten. Wie sonst wäre es zu einem solchen Übergriff auf ihn gekommen? Brodersen fragte sich, was passiert sein mochte. War Koch ohne einen Begleiter losgezogen? Das widerspräche allen Grundsätzen ihrer Arbeitsweise. Aber was bedeuteten schon Grundsätze?

Fass dir an die eigene Nase, Brodersen. Wie oft hast du selbst dieses Gebot verletzt? Es war, wie es war. Ein gefährlicher Job. Ein Job, den einem kaum einer dankte.

Schwermütig fuhr Brodersen mit seinem Zeigefinger über den Schalter seiner Schreibtischlampe. Bis zwanzig Uhr hatte er bleiben wollen, um den Bericht für den Oberstaatsanwalt zu schreiben. Irgendwie hatte er jetzt keine Kraft mehr dazu.

Entschlossen drückte er auf den Knopf und das Licht erlosch.

Fünf Minuten später war er auf dem Weg nach Hause.

Punkt halb sechs am Morgen des 23. Mai klingelte der Wecker. Völlig verwirrt schlug er auf den Störenfried ein. Brodersen war todmüde. Er blickte durch das Fenster hinaus. Es war grau und diesig. Dicke Regentropfen prasselten auf das Fensterbrett. An Tagen wie diesem sollte man im Bett bleiben, dachte er. Keinen Hund jagt man bei solchem Wetter vor die Tür.

Er schlug die Decke beiseite und kroch aus dem Bett. Durch das Halbdunkel schlurfte er ins Bad.

Als er vom Klo kam, überlegte er, ob er den Kaltwasserhahn aufdrehen und seinen Kopf darunter halten sollte.

Aber er ließ es. In der Küche zog er die Aluminiumjalousien hoch und setze die Kaffeemaschine und das Radio in Gang. Während der Kaffee durchlief, zog er sich rasch seine Sachen über. Dann setzte er sich an den Tisch und überlegte.

Was sollte er tun? Seit der Ermordung von Theo Drigalsky war eine Woche vergangen und sie hatten noch immer nicht den Ansatz einer brauchbaren Spur. Alles, was ihnen merkwürdig vorgekommen war, hatte eine plausible Erklärung gefunden. Fast alles. Was noch immer offen blieb, war die Frage nach den Dokumenten über die Raketenbasis.

Sie mussten diese Spur verfolgen. Sie war die einzige, die noch geblieben war. Vielleicht war sie auch die entscheidende.

Nachdenklich schlürfte er seinen Kaffee.

Irgendwann erhob er sich und stellte das Radio ab. Das Frohsinnsgedudel, das aus der Kiste kam, konnte er nicht länger ertragen.

Es ist auf fast allen Kanälen dasselbe, dachte er. Überall sitzt ein Typ mit sonorer Stimme vor dem Mikro und zelebriert seine Morgenshow. Und neben ihm gackert ein aufgescheuchtes Morgenhuhn in den Äther. Es ist unerträglich.

Drei Minuten vor halb sieben zog er die Haustür hinter sich zu. Der Regen hatte noch nicht nachgelassen. Den kurzen Weg zu seinem Auto legte er rennend zurück. Trotzdem wurde er nass.

Als er durch Pankow fuhr und an einem Supermarkt vorbeikam, fiel ihm ein, dass er seit Tagen nicht dazu gekommen war einzukaufen. Es war immer das Gleiche: Er ernährte sich fast ausschließlich von alten Keksen und ab und an von einer Currywurst, die er im Stehen an einer Imbissbude vertilgte. Trotz der kargen, aber offenbar ausgesprochen fetten Kost, hatte er in den letzten zwei Monaten fast fünf Kilo zugenommen. Es war höchste Zeit, etwas dagegen zu unternehmen. Er nahm sich vor, dies am Nachmittag zu erledigen. So konnte es nicht weitergehen.

Als er die Müllerstraße passierte, überlegte er, ob er um diese Zeit schon zum Rudolf-Virchow-Klinikum fahren könne, um Koch zu besuchen. Schließlich war es gerade sieben Uhr. Brodersen musste sich eingestehen, dass er keine Ahnung hatte, wie der Tagesablauf in einem Krankenhaus heutzutage aussah. War es noch immer so, dass man die Patienten mit dem ersten Hahnenschrei weckte, um ihnen ein Fieberthermometer in den Allerwertesten zu jagen? Diese Zeiten würden doch hoffentlich der Vergangenheit angehören? Koch war als Beamter Privatpatient. Und mit denen würde man sich solche Zicken sicher nicht erlauben.

Egal, dachte er und bog kurzerhand in die Amrumer Straße ein. Wenn Koch noch schliefe, würde er eben wieder verschwinden.

Koch schlief nicht mehr.

Als Brodersen behutsam die Tür zu seinem Krankenzimmer aufgeschoben hatte, fand er einen zwar in allerlei dicke Verbände gewickelten, ansonsten aber höchst vitalen Thomas Koch vor.

»Werner«, rief Koch. »Du hier?«

Brodersen ließ sich auf dem Stuhl neben dem Bett nieder. »Ich muss doch mal sehen, womit du dir hier die Zeit vertreibst.«

Koch grinste und wies auf einen Packen Tageszeitungen, der vor ihm auf der Bettdecke lag. »Endlich komme ich mal dazu, die Presse zu studieren.« Er zog eine der Zeitungen hervor und hielt sie hoch. »Der Fall Drigalsky ist ja noch immer im Gespräch.«

Brodersen rümpfte die Nase, als er die Überschrift des Artikels las, auf die Koch mit seinem Zeigefinger tippte: *Mörder gefasst? Erste Verhaftung im Fall des erschlagenen Staatsanwalts!*

»Die Verhaftung von Dehnert ist kompletter Unfug«, sagte Brodersen grollend, nachdem er den Bericht überflogen hatte. »Es gibt keine Beweise.«

Koch nickte. »Ich möchte bloß wissen, was in Richartz gefahren ist, diesen Mann verhaften zu lassen.«

Brodersen zuckte mit den Schultern. Dann ging ihm auf, dass er Koch überhaupt noch nicht nach seinem Gesundheitszustand gefragt hatte. Verlegen sah er zu seinem Kollegen hinüber. »Wie geht es dir eigentlich?«

Koch winkte ab. »Alles halb so schlimm. Eine angebrochene Rippe und jede Menge blauer Flecke. Die werden mich hier bestimmt bald rausschmeißen.«

Dann erläuterte er, was vorgefallen war: Am gestrigen frühen Nachmittag war er in das Büro des ermordeten Autohändlers gefahren, um nach ein paar Rechnungsbüchern zu suchen. Während er in den Schränken gewühlt hatte, waren drei Maskierte in die Baracke gestürmt und hatten ohne Vorwarnung auf Koch eingeschlagen. Irgendwann war ihnen offenbar aufgegangen, dass der Mann, den sie gerade verdroschen, gar nicht der Inhaber des Gebrauchtwagenhandels war. Daraufhin hatten sie von Koch abgelassen und die Flucht ergriffen. »Dieser Konstantin Stromberger muss ein ziemlich verhasster Mann gewesen sein«, schloss Koch seinen Bericht und strich sich über seinen Armverband. »Und ich beziehe für den die Prügel.«

Brodersen schenkte dem Kollegen einen Blick des Bedauerns. Dann fiel ihm ein, weshalb er noch hergekommen war. »Wo ist eigentlich die Dokumentenmappe mit den Unterlagen über diese Raketenbasis abgeblieben, die wir in Drigalskys Haus gefunden haben?«

Koch runzelte die Stirn. »Die müsste in meinem Schreibtisch im Büro liegen. Kolberg hat sie mir zurückgegeben, nachdem seine Leute mit der Spurensicherung fertig waren.«

Brodersen nickte. »Wir müssen uns auf diese Spur konzentrieren. Herausfinden, aus welchem Grund Drigalsky solche Unterlagen besaß.«

»Vielleicht ist es wirklich so, wie wir anfangs vermutet haben: Dass er ein absoluter Waffennarr war.«

Brodersen schüttelte den Kopf. »Er war ein Waffennarr. Aber ich glaube, dass sich seine Leidenschaft eher auf greifbare Waffen konzentrierte. Und weniger auf Kriegswaffen.«

Koch griff nach einem Apfel, der auf dem Nachtschrank neben seinem Bett gelegen hatte. »Ich weiß nicht recht. Irgendwie ist das alles sehr verwirrend.«

Brodersen nickte zustimmend. Einen Augenblick zögerte er. Dann erhob er sich. »Vielleicht sollte ich mal mit jemandem von der Bundeswehr über die Mappe sprechen. Oder noch besser mit einem vom Verteidigungsministerium.«

Koch zuckte mit den Achseln. Dann biss er in den Apfel. »Versuch's. Vielleicht bringt es was«, sagte er kauend.

Brodersen zog den Reißverschluss seiner Jacke zu. Dann verabschiedete er sich von Koch und fuhr in die Keithstraße. Als er sein Büro betrat, war es genau neun Uhr. Eine Zusammenkunft hatten sie für den heutigen Tag nicht geplant. Was hätte es auch zu besprechen gegeben? Es muss endlich etwas geschehen, dachte Brodersen.

Missmutig setzte er sich an seinen Schreibtisch und verfasste den Bericht für Oberstaatsanwalt Richartz.

Gegen halb elf war er fertig und holte sich aus der Kantine einen Salatteller. Den Vorsatz, gesünder zu essen, wollte er sofort umsetzen.

Zurück in seinem Büro klingelte das Telefon. Brodersen stellte den Salatteller auf das Aktenschränkchen neben seinem Schreibtisch und griff nach dem Telefonhörer. »Brodersen.«

»Hallo, Thiermann hier. Ich wollte dir eine Neuigkeit mitteilen, die dich sicher brennend interessiert.«

»Schieß los«, sagte Brodersen gespannt.

»Es geht um Dieter Dehnert. Wir haben ihn ja gestern auf Bitte eures Staatsanwaltschaftsgurus festgenommen.«

Brodersen brummte in den Hörer.

»Noch in der Nacht hat Dehnerts Anwalt Haftbeschwerde eingelegt. Heute Morgen hat der zuständige Richter dann den Haftbefehl aufgehoben. Er soll ziemlich erbost über seinen Bereitschaftskollegen gewesen sein, da der Erlass des Haftbefehls schon an den formalen Voraussetzungen hätte scheitern müssen. Weder gibt es Beweise, die Dehnert der Tat überführen würden, noch besteht Flucht- oder Verdunklungsgefahr. Im Übrigen hat Dehnert ausgesagt, dass zwischen ihm und dem Wirt des *Felsenblick* seit Jahren ein gespanntes Verhältnis herrsche. Möglicherweise habe dies dazu geführt, dass derlei Anschuldigungen über ihn in die Welt gesetzt worden sind. Fakt ist jedenfalls, dass Dieter Dehnert vor zwei Stunden aus der Untersuchungshaft entlassen worden ist.«

Brodersen bedankte sich bei seinem sächsischen Kollegen und legte auf. Einen Augenblick lang spielte er mit dem

Gedanken, Oberstaatsanwalt Richartz anzurufen und ihm die Geschichte brühwarm aufzutischen. Dann erinnerte er sich, was er eigentlich vorgehabt hatte: die Mappe mit den Unterlagen über die Raketenbasis aus Kochs Schreibtisch zu holen.

Er schnappte sich den fertig gestellten Bericht für Richartz und verließ sein Büro. Am Ende des Flures machte er am Zimmer der Sekretärin halt und bat sie, seinen Bericht in einen Umschlag zu stecken und an die Staatsanwaltschaft zu übersenden. Eine Kopie war für Wieschalla bestimmt.

Dann machte er sich zu Kochs Dienstzimmer auf. Da Brodersen einen Etagenschlüssel besaß, konnte er die Tür problemlos öffnen.

Die Mappe mit den Dokumenten fand er sofort. Dokumente über eine Kernwaffenstation. Flüchtig blätterte er sie durch. Fotos, Lagepläne, Skizzen. Außerdem eine Dokumentation in englischer Sprache.

Brodersen klappte die Mappe zu und starrte auf den Deckel.

Was willst du mir sagen, dachte er. Aus welchem Grunde hat Drigalsky dich besessen?

Nachdenklich verließ er Kochs Büro, holte seine Jacke und fuhr mit dem Aufzug ins Erdgeschoss. Als er die Pförtnerloge passierte, überlegte er, ob er sich bei Wieschalla abmelden und ihm mitteilen sollte, was er vorhatte. Aber er verwarf den Gedanken schnell. Der Groll über das Gespräch vom gestrigen Abend war noch immer nicht verschwunden.

Drei Minuten nach elf verließ er das Haus. Der Regen hatte aufgehört. Vom Dienstgebäude des Landeskriminalamtes in der Keithstraße waren es nur wenige Schritte bis zur Stauffenbergstraße.

Als er die Brücke über den Landwehrkanal passierte, merkte er, dass er Hunger bekam. An einer Imbissbude am Reichpietschufer bestellte er sich eine Boulette mit Pommes. Während er aß, fiel ihm der Salatteller ein, der noch immer unangetastet in seinem Büro herumstand. Der Vorsatz, sich gesünder zu ernähren, war ein Vorsatz geblieben.

Viertel vor zwölf betrat Brodersen den Berliner Dienstsitz des Bundesverteidigungsministeriums im Bendlerblock. An der Information wies er sich aus und fragte nach jemandem, der kompetent genug war, ihm etwas zu thermonuklearen Waffensystemen zu sagen. Der Stabsunteroffizier hinter dem Tresen bekam rote Ohren. Stumm, aber interessiert nickend griff er nach dem Haustelefon. Nach einem kurzen Telefonat wies er zum Treppenhaus. »Erster Stock, Zimmer 112. Herr Ministerialrat erwartet Sie.«

Brodersen bedankte sich und schlenderte zur Treppe. Das Gebäude war beeindruckend. Bislang hatte er es noch nicht von innen gesehen.

Zimmer 112 fand er ohne Mühe. Es war kein Büro, sondern ein geräumiger Konferenzraum. Am Fenster stand ein Mann in dunkelblauem Anzug und wandte Brodersen den Rücken zu. Nach kurzem Zögern blieb Brodersen in der Mitte des Raumes stehen.

»Thermonukleare Waffensysteme«, sagte der Mann am Fenster, ohne sich umzudrehen. »Weshalb interessiert sich die Berliner Polizei dafür?«

Brodersen räusperte sich. Obwohl der Mann nur wenige Worte gesprochen hatte, fühlte sich Brodersen in der Rolle eines Untergebenen. Warum, hätte er nicht sagen können. »Wir ermitteln in der Mordsache Drigalsky. Der tote Staatsanwalt im Kriminalgericht Moabit. Vielleicht haben Sie in der Presse davon gelesen. Es geht um diese Unterlagen hier.« Brodersen warf die Mappe auf den Konferenztisch.

»Dann lassen Sie mal sehen«, entgegnete der Mann im blauen Anzug und drehte sich endlich um. Er war ungefähr in Brodersens Alter und hatte ein freundliches Gesicht. Sein rheinischer Dialekt war unüberhörbar. Einen kurzen Moment lang musterte er Brodersen. Dann zog er eine Brille aus seiner Jacketttasche und beugte sich über die Mappe.

»Mein Name ist übrigens Scherer«, sagte er, während er den Aktendeckel aufschlug. Einige Zeit blätterte er in dem Dokument. Brodersen beobachtete ihn dabei. Der Ministerialrat fuhr beim Lesen in regelmäßigen Abständen mit der Zunge in seinem Mund herum. Es sah aus, als lutsche er einen Bonbon. Brodersen hatte derlei Gesichtsgymnastik noch nie zuvor gesehen.

Irgendwann klappte Scherer die Mappe zu und schob sie Brodersen über den Tisch. »Die Bundeswehr verfügt zwar über atomare Waffensysteme«, sagte er nach einer gedehnten Pause, »die passenden Sprengköpfe befinden sich jedoch unter der Kontrolle der Vereinigten Staaten von Amerika.«

Brodersen schüttelte den Kopf. »Darum geht es mir nicht. Ich möchte lediglich wissen, ob es sich bei der Anlage auf dem Foto um eine deutsche Raketenbasis handelt.«

Bei dem Wort »Raketenbasis« hatte Scherer das Gesicht verzogen. »Es handelt sich um eine militärische Einrichtung mit Marschflugkörpern mittlerer Reichweite. Ein Standort in Baden-Württemberg.«

»Das können Sie so präzise sagen? Ich meine, wo genau sich die ...«, Brodersen zögerte, »... militärische Einrichtung befindet? Der Standort geht aus den Unterlagen ja nicht hervor.«

Der Rheinländer lächelte. »Herr Hauptkommissar, ich bitte Sie! Es ist meine Aufgabe, mich mit derlei Wehrangelegenheiten zu befassen. Im Übrigen gibt es in der Bundesrepublik Deutschland nur eine begrenzte Anzahl ähnlicher Anlagen.«

»Unterliegen die Dokumente in irgendeiner Weise der Geheimhaltung?«

Scherer schüttelte den Kopf. »Jetzt nicht mehr.«

»Was meinen Sie damit: jetzt nicht mehr?«

Das imaginäre Bonbon wanderte von der linken in die rechte Wange. »Die betroffenen Anlage wurde vor zwei Jahren abgebaut. Die Technik war veraltet.«

Brodersen nickte. »Können Sie sich vorstellen, wie die Unterlagen in den Besitz des Staatsanwalts gelangt sein könnten?«

Scherer spannte die Gesichtsmuskeln. Dann schüttelte er den Kopf. »Eigentlich nicht. Wir geben solcherlei Dokumente nicht heraus. Auch nach Ablauf der Geheimhaltungsstufe nicht. Aber ich werde veranlassen, dass die Sache geprüft wird.«

»Gibt es Bedenken, wenn wir die Mappe zu den Ermittlungsakten nehmen?«

Scherer schüttelte den Kopf. »Nein.« Er warf Brodersen einen Blick zu, der auf das Ende ihrer Unterredung hinzuweisen schien.

»Darf ich Sie anrufen, wenn ich noch eine Frage habe?« Brodersen wunderte sich selbst darüber, wie er sich ausdrückte. Es klang, als würde er darum betteln.

Scherer lächelte. »Freilich. Wann immer sie wollen.« Er griff in die Brusttasche seines dunkelblauen Sakkos und zog eine Visitenkarte hervor, die er Brodersen in die Hand drückte. Dann schritt er zur Tür und hielt sie auf.

Brodersen kam es wie ein Rausschmiss vor. Schweigend ging er an dem Ministerialrat vorbei, nickte ihm kurz zu und bemerkte, wie Scherer hinter ihm die Tür wieder schloss.

Kopfschüttelnd verließ Brodersen das Verteidigungsministerium. Während er zurück in die Keithstraße schlenderte, überlegte er, ob Scherers Art auf dessen militärische Dienststellung zurückzuführen sein könne.

Im Präsidium herrschte ungewohnte Ruhe und Brodersen vermutete, dass es mit dem derzeitigen Berlin-Besuch des amerikanischen Präsidenten zusammenhing. Die Sicherheitsmaßnahmen überall im Stadtgebiet waren unübersehbar. Eine halbe Stunde lang saß er an seinem Schreibtisch und dachte nach. Aber klare Gedanken konnte er nicht fassen. Um halb zwei rief er Wieschalla an und teilte ihm mit, dass er Feierabend machen würde. Dann fuhr er heim.

In seiner Post fand er eine Ansichtskarte von Désirée. Sie schrieb ihm aus Paris. Dass sie verreisen wollte, hatte er nicht gewusst. Wieder dachte er daran, dass es besser sein würde, sich endgültig von ihr zu trennen.

Es war, wie es war.

11. Kapitel

Als Brodersen am Freitagmorgen sein Büro im LKA-Präsidium betrat, pochten ihm die Schläfen. Es schien mit der verstopften Nase zusammenzuhängen, die ihn seit der Nacht plagte. Er verspürte einen ständigen Niesreiz, aber er konnte nicht niesen.

Brodersen setzte sich an seinen Schreibtisch und vertiefte sich in eine Mitarbeiterinformation, in der es um die geplante Anhebung der wöchentlichen Arbeitszeit auf vierzig Stunden ging. Offenbar betraf sie nur den Innendienst. Und im Übrigen arbeiteten er und seine Kollegen wohl seit Jahren weit mehr als vierzig Stunden in der Woche.

Kurz vor acht klingelte das Telefon. Wieschalla teilte ihm mit, dass Oberstaatsanwalt Richartz für neun Uhr eine Zusammenkunft der Ermittlungsgruppe wünsche, an der er höchstpersönlich teilzunehmen gedachte.

Brodersen knurrte in den Hörer, dann legte er auf. Was sollten sie besprechen? Es gab keine neuen Erkenntnisse. Alles, was sie bislang herausgefunden hatten, stand in dem Bericht, den Brodersen gestern Vormittag an den Oberstaatsanwalt übersandt hatte. Kopien hatte er an alle Kollegen seines Teams verteilen lassen.

Des Menschen Wille ist sein Himmelreich, dachte Brodersen. Wenn Richartz eine Zusammenkunft will, soll er sie bekommen. Die Frage war, wer sie moderieren würde.

Er griff nach dem Telefonhörer und verständigte Gronau, der versprach, auch Kolberg und Schober zu informieren. Koch war ohnehin ausgefallen. Dann nahm er sich eine

Büroklammer und verbrachte die verbleibende Zeit bis neun damit, seine Stempel zu reinigen, die er so gut wie nie benutzte.

Eine Minute nach neun schloss Brodersen hinter sich die Tür des Versammlungszimmers. Er war als Letzter erschienen. Richartz und Wieschalla saßen nebeneinander und nickten ihm fast gleichzeitig zu, als er sich auf seinem Platz niederließ. Einen Augenblick lang herrschte Schweigen. Dann ergriff Richartz das Wort.

»Meine Herren, die Ermittlungen im Mordfall Theo Drigalsky sind an einem Punkt angekommen, an dem sie sich festgefahren haben. Wie ich dem mir gestern vorgelegten Bericht des Herrn Hauptkommissar Brodersen entnehme, gibt es keine einzige heiße Spur mehr. Ich habe mich in Absprache mit Herrn Kriminaloberrat Wieschalla daher entschlossen, die Ermittlungsarbeit in diesem Fall herunterzufahren.«

Brodersen riss die Augen auf. Es war unglaublich, was er da hörte.

»Kriminaloberrat Wieschalla und ich sind uns einig«, fuhr Richartz fort, »dass die Bindung größerer Personalkapazitäten auch angesichts der anderen wichtigen Aufgaben des LKA nicht mehr vertretbar ist.«

Brodersen sprang auf. »Soll das heißen, im Fall Drigalsky wird nicht mehr weiter ermittelt?«

Richartz verzog das Gesicht. »Nein, das heißt es natürlich nicht. Wir werden vorerst mit einer Rumpftruppe weitermachen, die aus eineinhalb Beamten bestehen wird. Kriminalkommissar Gronau wird dabei sein. Und Sie, Herr Brodersen, werden den Fall weiterhin leiten. Allerdings nur zur

Hälfte Ihrer Dienstzeit. In der anderen Hälfte übernehmen Sie den Fall des erschlagenen Autohändlers, an dem Ihr Kollege Koch gearbeitet hat, bevor er ins Krankenhaus eingeliefert werden musste.«

Brodersen, der noch immer stand, schüttelte heftig den Kopf. Das Pochen unter seinen Schläfen wurde stärker und seine Wangen glühten. »Der Mord ist gerade einmal eine gute Woche her! Wir können doch jetzt noch nicht aufgeben!«

Oberstaatsanwalt Richartz spannte die Gesichtsmuskeln. »Das tun wir auch nicht. Wir nehmen die Ermittlungen in voller Intensität wieder auf, sobald sich neue Erkenntnisse auftun.«

»Die tun sich aber nicht von alleine auf«, gab Brodersen in lautem Tonfall zurück.

»Vielleicht sollten wir die Unterredung auf einem Niveau fortführen, das der sachlichen Seite der Angelegenheit besser gerecht wird«, schaltete sich Wieschalla ein.

Brodersen warf seinem Chef einen kurzen Blick zu. Dann setzte er sich. »Ich weiß, dass wir bislang kaum etwas vorzuweisen haben. Aber es ist viel zu früh, die Ermittlungsarbeiten zu verringern. Im Übrigen frage ich mich, was die Öffentlichkeit dazu sagen wird, wenn sie davon erfährt.«

Richartz verschränkte die Arme. »Da machen Sie sich mal keine Sorgen, Herr Hauptkommissar. Um die Presse kümmere ich mich schon.«

Einige Sekunden lang schwiegen sie. Brodersen überlegte, was Richartz' plötzlichen Sinneswandel ausgelöst haben konnte. Erst ließ er auf Teufel komm raus ermitteln, veranlasste vorgestern sogar noch die Verhaftung des Vaters von

Drigalskys Freundin, ohne auch nur den Ansatz eines Verdachtes in der Hand zu haben, und nun wendete er sich um hundertachtzig Grad und stellte die Ermittlungen ein.

Oberstaatsanwalt Richartz öffnete seine verschränkten Arme und setzte sich gerade hin. Dann blickte er Brodersen scharf an. »Im Übrigen hat es mir sehr missfallen, dass Sie es nicht für nötig befunden haben, bei Ihren Recherchen den Dienstweg einzuhalten.«

Brodersen zog die Stirn in Falten. Er hatte keine Ahnung, worauf Richartz anspielte.

»Ich meine Ihre Aktion im Verteidigungsministerium«, fuhr der Oberstaatsanwalt fort. »Ihr Plausch mit Ministerialrat Scherer.«

Das ist es also, dachte Brodersen. Er fragte sich, woher Richartz so schnell davon Wind bekommen hatte.

»Wenn hier jeder macht, was er will, können wir den Laden gleich dichtmachen, Herr Brodersen. Außerdem wäre es Ihre Pflicht gewesen, den Staatsschutz beim BKA über die Sache mit den Atomwaffen zu unterrichten. Wir sind hier nicht im Wilden Westen. Und Sie nicht Marshal Dillon.«

Brodersen platzte fast der Schädel. Seine Schläfen hämmerten und er wusste nichts zu sagen. Er verstand absolut nicht, was hier passierte. Er hatte seinen Job gemacht. Er hatte versucht, einen Mord aufzuklären. Und er war noch immer fest entschlossen weiterzumachen, den Mörder von Theo Drigalsky zu finden. Auch, wenn Oberstaatsanwalt Richartz und sein Chef anderer Meinung sein sollten.

Den Rest der Zusammenkunft schwieg er.

Wieschalla versuchte, versöhnliche Töne anzuschlagen, aber Brodersen hörte nicht hin.

Um zehn verließ er das Haus. Er brauchte einfach frische Luft. Ziellos lief er durch die Gegend. Als er einen Supermarkt entdeckte, fiel ihm ein, dass er einkaufen wollte. Missgelaunt betrat er den Laden und legte, ohne groß nachzudenken, dies und das in seinen Einkaufswagen. Drei Milchpakete, eine grüne Gurke und ein paar Äpfel. Was er eigentlich hatte kaufen wollen, wusste er nicht mehr. Und er merkte, dass es ihm egal war.

Gegen elf war er zurück in seinem Büro. Seine Laune hatte sich nicht gebessert. Noch immer ärgerte er sich über die bevormundende und kleinkarierte Art des aalglatten Oberstaatsanwalts.

Er holte einen Apfel aus seiner Einkaufstüte und biss wütend hinein. Während er kaute, fiel sein Blick auf den Computer, der vor einiger Zeit in seinem Büro aufgebaut worden war. Bislang hatte er es immer vermeiden können, ihn zu benutzen. Jetzt aber kam ihm ein Gedanke. Er legte den Apfel beiseite und schaltete das Gerät ein. Als der Rechner hochgefahren war, klickte er sich unsicher durch die verschiedensten Menüs.

Gronau kennt sich mit solchen Dingen aus, dachte er. Ich bin nur ein blutiger Anfänger.

Endlich fand er, wonach er gesucht hatte: Das Programm zur Abfrage polizeilicher Ermittlungsverfahren. Hier waren sämtliche Verdächtige, Geschädigte oder Anzeigende in allen erfassten Vorgängen der Berliner Polizei verzeichnet. Brodersen tippte Richartz' Namen und Adresse ein. Einen Augenblick zögerte er. Es war verboten, Abfragen ohne konkreten Anlass durchzuführen. Und jede Abfrage wurde protokolliert.

Ich sollte es lassen, dachte er. Ich habe keinen Grund, in Richartz' Privatsphäre herumzuschnüffeln.

Dann klickte er auf das Feld mit der Aufschrift *Suchen*.

Der Rechner begann zu arbeiten. Nach einigen Augenblicken erschien der erste Datensatz. Dann der nächste. Brodersen wartete, bis das System mit der Suche fertig war. Nun rückte er näher an den Monitor heran und begann, Verfahren für Verfahren durchzusehen. Es handelte sich fast ausnahmslos um Anzeigen von Leuten, denen Richartz das Handwerk gelegt und sie angeklagt hatte. Die Vorwürfe gegen ihn reichten von Freiheitsberaubung im Amt bis hin zu angeblicher Körperverletzung. Brodersen beachtete sie nicht weiter. Allesamt waren sie eingestellt worden, da sich die Tatvorwürfe bei näherer Prüfung erwartungsgemäß in Luft aufgelöst hatten. Es waren die altbekannten, unüberlegten Racheversuche einfältiger Kleinkrimineller, denen ihr Anwalt offenbar nicht nahe zu bringen verstanden hatte, wie idiotisch ihr Vorgehen war.

Als Brodersen sich dem Ende der Liste näherte, dachte er darüber nach, wie unsinnig es war, was er hier tat. Was glaubte er zu finden?

Als er das letzte Verfahren aufrief, stutzte er. Es war keine der üblichen Denunziationen. Hier handelte es sich um ein Ermittlungsverfahren wegen Gefährdung des Straßenverkehrs infolge Trunkenheit. Soweit Brodersen aus den Angaben ersehen konnte, hatte man den Oberstaatsanwalt auf der Roedernallee gestoppt und eine Blutalkoholkonzentration von 2,5 Promille festgestellt. Daraufhin wurde gegen Richartz Anzeige erhoben. Die Akten waren vor zwei Wochen zur Anklageerhebung an die Staatsanwaltschaft übersandt worden.

Sieh an, sieh an, dachte Brodersen. Der feine Herr Oberstaatsanwalt, ein Trunkenbold am Steuer.

Kopfschüttelnd schaltete er den Computer aus, schnappte sich seine Jacke und verließ das Büro. Wenn er sich an die Weisung seines Chefs halten wollte, musste er sich jetzt um die Autohändler-Sache kümmern. Er musste sich die Akten aus Kochs Dienstzimmer besorgen und sich mit deren Inhalt vertraut machen. Aber Brodersen dachte nicht daran. Stattdessen besorgte er sich die Schlüssel zu Drigalskys Haus und beschloss, sich dort noch einmal umzusehen.

Als er auf den Hof des LKA-Gebäudes trat, um zu seinem Wagen zu kommen, lief ihm Kolberg über den Weg.

»Richartz spinnt«, sagte Kolberg und machte ein missmutiges Gesicht. »Der kann doch nicht im Ernst glauben, dass für die Einstellung der Ermittlungen jetzt schon der richtige Zeitpunkt gekommen ist.«

Brodersen zuckte mit den Schultern. »Vielleicht hat er ja doch Recht. Ich meine, wir haben nicht den Ansatz einer Spur. Keinen Tatverdächtigen. Nichts.«

Kolberg machte große Augen. »Du bist auf einmal seiner Meinung?«

»Nein. Es ist noch viel zu früh, um aufzugeben. Ich bin dafür, dass wir mit unverminderter Intensität weiter ermitteln. Allerdings weiß ich im Augenblick nicht, wie und womit.« Brodersen fuhr sich über seine Augenlider. Weshalb hatte er eben für Richartz' Entscheidung Partei ergriffen?

»Ich bin jedenfalls raus aus der Sache«, sagte Kolberg. »Der Herr Oberstaatsanwalt ist der Meinung, ein Mann des Spurensicherungstrupps sei beim gegenwärtigen Stand der Ermittlungen entbehrlich.«

Brodersen zuckte mit den Schultern. Wortlos verabschiedeten sie sich und Brodersen stieg in seinen Volvo.

Als er durch den Stadtteil Wedding fuhr, kam er an einem Schild vorbei, das den Weg zum Rudolf-Virchow-Klinikum wies. Einen Augenblick lang überlegte er, ob er zu Koch fahren solle, um ihm von Richartz' Entscheidung zu berichten. Außerdem würde er Informationen über die Autohändlersache von ihm benötigen. Andererseits dürfte es wohl nicht mehr lange dauern, bis sie Koch aus dem Krankenhaus entlassen würden. So lange konnte die Sache warten.

Punkt halb eins erreichte er das Haus von Theo Drigalsky im Frohnauer Sigismundkorso. Als er zu den Festern blickte, bemerkte er, dass man die Glasscheiben erneuert hatte. Nichts wies mehr auf die Schießerei mit Oppelt hin. Brodersen zog die Schlüssel aus seiner Tasche und schloss die Haustür auf. Als er im Flur stand, verharrte er einen Augenblick. Es war stockfinster. Nichts war zu hören. Alle Türen zu den Zimmern waren geschlossen. Brodersen schaltete das Licht ein und unterzog zuerst alle Räume einer genauen Prüfung. Als er sich sicher war, wirklich allein im Haus zu sein, ging er in Drigalskys Arbeitszimmer und setzte sich an den Schreibtisch. Zunächst schaltete er die Bankiersleuchte ein. Dann ließ er seinen Blick durch das Zimmer wandern. Gab es etwas, das sie bislang übersehen hatten? Irgendeinen Hinweis auf die Hintergründe der Tat? Wer ermordet einen Staatsanwalt? Und warum?

Brodersen versuchte, sich den Ablauf der bisherigen Ermittlungen und die wenigen Schlüsse, die sie daraus hatten ziehen können, noch einmal vor Augen zu führen. Immer wieder waren sie auf Merkwürdigkeiten gestoßen. Sei es Drigalskys abgetrennte Zunge, sei es der Einbruch und die anschließende Geiselnahme seines Nachbarn und

Schützenvereinskameraden Helmut Oppelt. Und welche Rolle spielten Franziska Dehnert und ihr Vater in dieser Geschichte? Alles zusammengenommen war irgendwie schlüssig und nachvollziehbar. Dennoch. Es musste etwas geben, das sie bislang nicht beachtet hatten.

Wenn Brodersen zurückdachte, hatte es in so gut wie jedem Mordfall, den er bearbeitet hatte, immer eine Beziehung zwischen Täter und Opfer gegeben, die sie früher oder später hatten ermitteln können. Es sei denn, es handelte sich um eine reine Spontantat: einen Raubüberfall, bei dem das Opfer erschlagen wurde, eine Verwechslung oder die Tat eines Verrückten. Mit was aber hatten sie es hier zu tun?

Sein Blick blieb an Drigalskys Computer hängen. War der eigentlich schon untersucht worden? Er konnte sich nicht erinnern, etwas über die Dateien auf der Festplatte des Rechners gehört zu haben. Brodersen nahm sich vor, Gronau am Nachmittag zu befragen. Sie mussten jede Möglichkeit nutzen, die sich ihnen bot.

Und wenn der Mörder doch ein Kollege aus der Staatsanwaltschaft war? Brodersen dachte an Wachtmeister Freese, den sie ganz zu Beginn der Ermittlungen befragt hatten. Hatte der ein Motiv? Wenn man es nüchtern betrachtete, hatte er eines. Wenn auch ein sehr dürftiges. Aber irgendetwas sagte ihm, dass Freese nicht der Täter war, den sie suchten.

Brodersen blickte durch das Panoramafenster in den Garten hinaus. Sein eigenes Grundstück in Lehnitz fiel ihm ein. Er musste dort unbedingt nach dem Rechten sehen. Seit Anfang November war er nicht mehr draußen gewesen. Den Pachtvertrag hatte er längst kündigen wollen. Seit er sein Reihenhaus im Blumenwinkel besaß, nutzte er Garten und Laube so gut wie gar nicht mehr.

Während er hinausstarrte, kam ihm plötzlich eine Idee. Was, wenn Drigalsky auch irgendwo ein Zweitgrundstück besaß? Angesichts seines Vermögens war es nicht unwahrscheinlich, dass er über ein weiteres Anwesen verfügte. Möglicherweise befand sich in seinem Eigentum ja auch ein Haus im Süden, von dem sie nichts wussten. Auf Mallorca oder Gran Canaria. Und vielleicht fand sich dort die Antwort auf alle Fragen.

Er griff nach dem Hörer des Telefons, das auf Drigalskys Schreibtisch stand. Wie er gehofft hatte, war der Anschluss noch nicht abgeschaltet worden. Aus seiner Jacke holte er das Notizbuch hervor und suchte nach der Nummer von Alexander Hillenberg. Drigalskys Steuerberater würde wohl wissen, ob der Staatsanwalt weiteren Grundbesitz besaß.

Hillenberg wusste es: Theo Drigalsky war Eigentümer eines neunhundert Quadratmeter großen Wassergrundstücks, welches sich in einem Dorf namens Schollene an der Grenze zwischen Brandenburg und Sachsen-Anhalt befand. Hillenberg wusste nicht nur die genaue Adresse, er besaß sogar einen Zweitschlüssel.

Brodersen kündigte an, in der nächsten halben Stunde vorbeizukommen, um den Schlüssel abzuholen. Der Gedanke, dass sich auf Drigalskys Grundstück etwas Entscheidendes befinden könnte, hatte ihm neue Energie gegeben.

Drei Minuten vor halb zwei verließ Brodersen Drigalskys Haus im Sigismundkorso.

Während er zum Wagen lief, dachte er an seine pochenden Schläfen. Der Druck war verschwunden, ohne dass er es bemerkt hatte. Dafür meldete sich starker Hunger. Auf der Fahrt zu Hillenberg kam er an einem China-Imbiss vorbei, von dem er sich eine Portion gebratene Nudeln mit Schweinefleisch holte. Während er in seinem Wagen saß und das Essen verdrückte, überlegte er, ob er Wieschalla über seine Fahrt zu Drigalskys Grundstück informieren sollte. Bedenkend, wie sein Chef sich bei der Besprechung am Morgen verhalten hatte, entschied er sich, diesmal nicht anzurufen. Über sein Handy war er ohnehin überall erreichbar und Wieschalla konnte schließlich nicht sehen, wo er sich befand.

Gegen fünfzehn Uhr passierte Brodersen in der Nähe eines Bundeswehr-Übungsplatzes die Landesgrenze zu Sachsen-Anhalt. Fünf Kilometer weiter war er am Ziel. Ein Holzschild mit der Aufschrift *Willkommen im Haveldorf Schollene* stand am Straßenrand.

Da er nicht genau wusste, wo sich Drigalskys Anwesen befand, hielt er im Dorfzentrum und stieg aus. In einem kleinen Lebensmittelladen fragte er nach der angegebenen Adresse. Die Verkäuferin wies ihm den Weg. Mit dem Auto sei es schlecht zu erreichen, sagte sie. Die Wiesen wären nass. Allenfalls mit einem Jeep ginge es.

Brodersen entschied sich, zu Fuß zu gehen. Nachdem er an einem Kriegerdenkmal und einem schlossähnlichen Gebäude vorbeigekommen war, begannen die Wiesen. Er verlangsamte seinen Schritt. Hier hatte der Staatsanwalt also seine Oase gefunden, dachte Brodersen. Es war nicht Mallorca, aber es war ein Fleck, an den er sich zurückziehen konnte. Und auch, wenn dieser Ort hier nicht gerade vor der Haustür lag, so entschädigte die herrliche Landschaft allemal für die relativ weite Fahrt von Berlin.

Brodersen dachte daran, wie sehr ihn schon sein Kurzbesuch in der Sächsischen Schweiz beeindruckt hatte. Er beschloss, endlich Urlaub zu nehmen. Sobald der Mordfall Drigalsky gelöst war. Keinen Tag später. Aber auch keinen früher.

Drigalskys Grundstück lag direkt an der Havel. Es war hier das einzige Haus. Rechts und links befanden sich freie Felder und Brodersen war beeindruckt von der Schönheit der Natur. Zwei Trauerweiden am Uferrand ließen ihre Äste in den Fluss hängen, in dessen Wasser sich der blaue Himmel spiegelte.

Er zog den Schlüssel aus seiner Hose und schloss das Gartentor auf. Dann streifte er um das Haus. Auf der Wasserseite lag ein Ruderboot am Ufer, das mit einer hellgrauen Plane aus Plastik abgedeckt war. Das Haus selbst war eine Blockbohlenhütte, die einen eher unauffälligen Eindruck machte. Nichts wies auf übertriebenen Luxus hin.

Nachdem er die Tür aufgeschlossen und das Haus betreten hatte, stellte er fest, dass es nach frischem Holz roch. Neugierig schaute er sich um. Alle Innenwände einschließlich der Decken waren mit hellem Kiefernholz verkleidet. Das Domizil verfügte über ein Wohnzimmer, einen Schlafraum, Küche, Bad und – was Brodersen besonders beeindruckte – eine finnische Sauna.

Außer einer Rechnung des örtlichen Stromversorgers auf einem halbvollen Bücherregal und zwei Wanderkarten, die auf einem Tischchen im Wohnraum lagen, fand er keinerlei Papiere.

Die Fahrt hierher war umsonst, dachte er enttäuscht. Aber was hatte er auch erwartet, das er hier finden würde?

Brodersen trat zurück in den Garten und verschloss die Haustür. Als er zum Tor zurückschlenderte, fiel ihm ein mittelgroßer Holzschuppen auf, der sich versteckt hinter einer Reihe Koniferen befand. Bei seinem Kommen war ihm die braune Holzbude nicht aufgefallen. Da bemerkte er, dass die Tür aufgebrochen zu sein schien. Das Vorhängeschloss war samt Halterung aus dem Holz gerissen worden, die Tür nur angelehnt.

Brodersen zögerte. Dann griff er nach seiner Dienstwaffe und entsicherte sie. Er dachte an das, was sich erst vor kurzem in Drigalskys Frohnauer Haus abgespielt hatte. Einen Augenblick lang überlegte er, ob er Verstärkung anfordern sollte.

Dann riss er die Tür auf.

Was er sah, ließ ihn unwillkürlich zusammenzucken: Um einen Holzbalken an der Decke des Schuppens war ein Seil gebunden, an dessen Ende ein Mensch hing. Die hervorgetretenen Augen des Toten glotzten ihn an und Brodersen lief es kalt den Rücken herunter.

Er kannte den Toten: Es war Dieter Dehnert.

12. Kapitel

Als Brodersen am frühen Abend des 24. Mai die Rückfahrt nach Berlin antrat, war er ratloser als je zuvor. Der Mordfall Drigalsky nahm immer bizarrere Formen an und keiner schien in der Lage zu sein, die Zusammenhänge zu erkennen.

Was war mit Dieter Dehnert geschehen? Offenbar handelte es sich um Selbstmord. Was aber hatte Dehnert zu diesem Schritt bewogen? Und was suchte der Gastwirt aus dem sächsischen Lichtenhain hier im Schuppen auf Drigalskys Grundstück?

Nachdem Brodersen Dehnerts Leiche entdeckt hatte, war sein zweiter Gedanke gewesen, dass er es sein würde, der Franziska Dehnert die Todesnachricht zu überbringen hatte. Und sein erster Gedanke: Dehnert ist Drigalskys Mörder.

Brodersen hatte den Notruf der Polizei gewählt und knapp zwanzig Minuten später waren die Kollegen von der Havelberger Polizeidienststelle vor Ort gewesen. Er hatte sich ausgewiesen und in knappen Worten geschildert, in welcher Sache er ermittelte. Nachdem die Spuren vor Ort gesichert worden waren, hatte man Dehnerts Leiche zur Gerichtsmedizin nach Magdeburg überstellt und Brodersen versprochen, ihn so bald wie möglich vom Ergebnis der Obduktion zu unterrichten. Soweit es zunächst feststellbar gewesen war, gab es in dem Holzschuppen keine Hinweise auf irgendetwas, das über den Selbstmord hinausging.

Um zwanzig Uhr war er zurück in Berlin. Als er vor seiner Haustür stand, bemerkte er, dass er die Schlüssel hatte im Büro liegen lassen. Fluchend stieg er wieder in seinen Wagen und fuhr in die Keithstraße.

In seinem Dienstzimmer schwirrte eine ganze Invasion Fruchtfliegen herum. Brodersen öffnete das Fenster. Dann fahndete er nach der Ursache. Er brauchte nicht lange, um dahinter zu kommen: Die ungewohnten Aktivitäten im Luftraum seines Büros rührten von dem Salatteller her, der seit gestern Vormittag unberührt auf dem Aktenschränkchen neben seinem Schreibtisch stand. Mürrisch nahm er den Teller und kippte den Salat in den Papierkorb. Die Mülltüte verschloss er mit einem Knoten. Dann griff er nach seinem Schlüsselbund.

Natürlich klingelte in diesem Moment das Telefon. Brodersen überlegte, ob er abnehmen sollte. Im Grunde hatte er längst Feierabend. Zögerlich griff er nach dem Hörer und bereute es unmittelbar.

»Wo zum Teufel stecken Sie eigentlich, Brodersen? Ich versuche seit Stunden, Sie zu erreichen.« Richartz schien aufgebracht zu sein.

»Ich war dienstlich unterwegs«, entgegnete Brodersen knapp.

»Ich hoffe doch in der Autohändlersache?«

»Nein. Die kann warten. Wie Sie wissen, ist mein eigentlicher Fall noch nicht aufgeklärt. Der Mord an Ihrem Kollegen Drigalsky.«

»Ich hatte Ihnen doch klare Anweisungen gegeben, was diese Ermittlung betrifft«, kam es aus dem Hörer. »Und wie Ihnen bekannt sein dürfte, sind Sie mir gegenüber weisungsgebunden. Weshalb halten Sie sich nicht daran? Es gibt ganz klare Vorschriften.«

Brodersen merkte, wie ihn der Zorn überkam. Obwohl es nicht hierher gehörte, fiel ihm ein, was er im Polizeicomputer über Richartz gelesen hatte. »Und Sie«, fauchte er, »halten Sie sich denn immer an die Vorschriften? In allen Bereichen?«

Einen Augenblick lang kam nichts als Rauschen aus dem Hörer. Dann war wieder die scharfe Stimme des Oberstaatsanwaltes zu vernehmen. »Was meinen Sie damit?«

Brodersen merkte seinen Pulsschlag am Hals. Und seine wahnsinnige Übermüdung. Er wusste, dass er sich furchtbaren Ärger einhandeln würde. Aber er konnte nicht anders. »Ich meine zum Beispiel die Straßenverkehrsvorschriften«, rief er, »und den Paragraphen 316 des Strafgesetzbuches: Straßenverkehrgefährdung infolge Trunkenheit.«

Es dauerte unendliche Sekunden, bis Richartz etwas sagte. »Wie kommen Sie darauf?«, fragte er mit bedeutend gedämpfterer Stimme.

Brodersen fuhr sich mit der Hand über das Gesicht. Es ist unfair, was ich hier tue, dachte er. Richartz mag ein arroganter Affe sein, aber seine privaten Angelegenheiten gehören nicht hierher.

»Ich bin todmüde«, sagte Brodersen. »Sagen Sie mir, was Sie von mir wollen und lassen Sie mich dann in Ruhe.«

Richartz hustete. »Ich wollte Sie zum Essen einladen. Damit wir nochmals über alles reden können. Vor allem über den Fall Drigalsky.«

Brodersen war überrascht. Nicht nur die Tatsache, dass Richartz ihn zum Essen einladen wollte, auch der Stimmungsumschwung kam völlig unerwartet.

Einen Augenblick lang zögerte er. Dann sagte er zu. Sie verabredeten sich für den folgenden Tag um zwanzig Uhr in einem Restaurant in Zehlendorf. Richartz wohnte dort in der Nähe und kannte sich offenbar aus.

Brodersen berichtete kurz von Dehnerts Tod, dann beendeten sie das Gespräch. Noch bevor Brodersen den Hörer aufgelegt hatte, bereute er bereits, dass er zugesagt hatte. Von Zehlendorf bis zu ihm nach Hause würde er eine Ewigkeit brauchen. Selbst, wenn er die S-Bahn nahm. Außerdem war Richartz ihm unsympathisch. Aber es half nichts. Jetzt war es zu spät.

Am Samstagmorgen, dem 25. Mai, erwachte Brodersen erst gegen zehn. Draußen war bester Sonnenschein.

Nachdem er geduscht und gefrühstückt hatte, fuhr er zu Kaufland und versorgte sich mit Nahrungsmitteln. Kurzentschlossen erwarb er einen neuen Videorecorder. Warum, wusste er nicht. Das alte Gerät war noch voll funktionstüchtig. Als er sich gegen Mittag ein Spiegelei briet, überlegte er, ob der Kauf wohl eine Art Ersatzbefriedigung gewesen war. Schließlich entschied er sich, nicht weiter darüber nachzudenken.

Am Nachmittag holte er sein altes Fahrrad aus dem Keller und fuhr ein Stück durch die Siedlung. Das Wetter war noch immer grandios. An einem alten Lichtmast entdeckte er ein Werbeplakat, welches auf eine bevorstehende Veranstaltung zur 700-Jahrfeier seines jetzigen Heimatortes hinwies und er staunte, dass das Dorf schon so alt sein sollte.

Als er zurückkam, warf er einen Blick auf das Thermometer an seinem Küchenfenster. Es zeigte siebenundzwanzig Grad im Schatten.

Abends um halb sieben machte er sich auf den Weg zum Bus. Er nahm den längeren Weg, den, der an der Heinersdorfer Kirche vorbeiführte. Herr Kaehler, der Gemeindepfarrer, war gerade dabei, an dem kleinen Schaukasten herumzuhantieren, in dem die Termine der Kirchengemeinde ausgehängt waren. Brodersen wünschte ihm einen guten Abend und Kaehler grüßte zurück. Dann überquerte Brodersen die Ampelkreuzung und erreichte die Bushaltestelle. Während er wartete, sah er hinüber zu dem neuen Einfamilienhaus, in dem sich seit einigen Monaten die Praxis seiner Ärztin befand. Dabei kam ihm in den Sinn, dass er den ganzen Tag über noch nicht an seinen Fall gedacht hatte.

Mit dem Bus fuhr er nach Pankow, stieg in die S-Bahn und erreichte zehn Minuten vor acht das Lokal, in dem er sich mit Richartz verabredet hatte. Der Oberstaatsanwalt war bereits eingetroffen. Er saß an einem Zweiertisch im hinteren Teil des Restaurants und winkte Brodersen zu. Richartz trug ein Seidenoberhemd und eine dunkelblaue Krawatte.

»Guten Abend, Herr Hauptkommissar«, begrüßte ihn Richartz.

Brodersen spürte, wie unangenehm es ihm selbst war, sich hier unter vier Augen mit Richartz zu treffen. Er bereute erneut, der Einladung gefolgt zu sein.

Richartz reichte ihm die Speisekarte, die bereits auf dem Tisch gelegen hatte. »Das Essen ist hier ausgezeichnet«, sagte er. »Vor allem die Wildgerichte.«

Brodersen murmelte etwas Unverständliches und vertiefte sich dann in die Karte. Nachdem er gewählt und seine Bestellung aufgegeben hatte, fragte Richartz nach Einzelheiten über den Vorfall auf Drigalskys Sommergrundstück. Brodersen berichtete, was er wusste, und der Oberstaatsanwalt hörte aufmerksam zu.

Die Kellnerin brachte die Getränke.

»Haben Sie Fräulein Dehnert schon vom Tod ihres Vaters unterrichtet?«

Brodersen überkam eine Hitzewallung. Er hatte diese unangenehme Aufgabe aufgeschoben und tatsächlich vergessen.

»Noch nicht«, sagte er leise. »Ich werde es umgehend nachholen.«

Richartz nickte. »Es wäre schlecht, wenn Franziska Dehnert wieder erst aus der Presse davon informiert wird, nicht wahr?«

Brodersen versprach, die Sache trotz seines freien Sonntags gleich am folgenden Morgen zu erledigen. Im Stillen fragte er sich, ob er diese schwierige Pflicht bewusst verdrängt habe.

Dann fiel ihm ein, was er Richartz mitteilen wollte. »Ich habe auf der Herfahrt unentwegt über den ganzen Fall nachgedacht. Und ich bin zu dem Ergebnis gekommen, dass wir uns nochmals eingehend mit Drigalskys Kollegen befassen sollten. Möglicherweise gab es unter ihnen doch jemanden, der ihm nicht wohlgesonnen war. Ich habe noch immer den Verdacht, dass es sich um eine Beziehungstat handelt.«

Richartz nahm einen kräftigen Schluck aus seinem Bierglas. Dann leckte er sich den Schaum von den Lippen. »Die Vorstellung, einer aus dem Hause wäre es gewesen, ist absurd! Glauben Sie mir, ich kenne die Kollegen. Von denen wäre keiner zu solch einer grausigen Tat in der Lage. Denken Sie nur an die abgeschnittene Zunge ...«

Brodersen hob die Augenbrauen. »Manche Menschen haben zwei Gesichter. Und in manchem hübschen Kopf verbergen sich teuflische Gedanken.«

»Da stimme ich Ihnen voll und ganz zu. Aber für die Mitarbeiter unseres Hauses lege ich in diesem Fall die Hand ins Feuer. Sogar für Freese. Auch, wenn der ein Motiv hätte.«

Brodersen griff nach seinem Glas und drehte es in der Hand. »Haben Sie von Drigalskys Waffenleidenschaft gewusst? Von seinem Reichtum? Seiner Freundin?«

Der Oberstaatsanwalt zuckte mit den Schultern. »Bei Theo Drigalsky war einiges anders. Er war schon immer ein sehr verschlossener Mensch, der nie über sein Privatleben sprach. Aber hätte er einen Mord begangen? Nein.«

Bevor Brodersen etwas entgegnen konnte, wurde das Essen serviert.

Während sie aßen, schwiegen sie.

Als Richartz fertig war, fuhr er sich mit der Stoffserviette über den Mund und nahm eine bequeme Sitzhaltung ein. »Woher wissen Sie das eigentlich, das mit meinem Ausrutscher?«

Brodersen, der gerade dabei war, sich das letzte Stück Fleisch von seinem Teller in den Mund zu gabeln, warf ihm einen fragenden Blick zu.

»Ich meine die Alkoholgeschichte. Als mich Ihre grünen Kollegen angehalten haben.«

Jetzt dämmerte es Brodersen. Richartz meinte seine Trunkenheitsfahrt. »Ich habe es durch Zufall im Polizeicomputer gesehen«, sagte er vorsichtig.

Richartz grinste. »Soso, durch Zufall – wer weiß denn sonst noch davon?«

Brodersen hob die Hände. »Ich habe es niemandem erzählt. Es geht doch keinen was an.«

Der Oberstaatsanwalt nickte. Dann bestellte er zwei Magenbitter.

Der Rest des Treffens verlief mit gezwungener Konversation über unwichtige Dinge. Gegen zehn brachen sie auf. Obwohl Richartz ihn einladen wollte, bestand Brodersen darauf, seinen Teil der Rechnung selbst zu bezahlen.

»Und denken Sie morgen an Fräulein Dehnert«, sagte Richartz bei der Verabschiedung und grinste.

Brodersen nickte. Dann trennten sie sich.

Brodersen lief zum S-Bahnhof Grunewald. Auf dem Bahnsteig war es windig und er stellte sich hinter eine Reklametafel. Während er wartete, dachte er über das Gespräch mit Richartz nach. Er fragte sich, was das Treffen eigentlich für einen Sinn haben sollte. Obwohl er versucht hatte, Richartz umzustimmen, war dieser nicht von seiner Entscheidung abgerückt. Die Ermittlungen im Fall Drigalsky sollten vorerst hintenan stehen. Und er hatte weiterhin die Autohändlersache am Hals.

Mit S-Bahn und Bus fuhr er nach Heinerdorf zurück.

Drei Minuten vor elf war er zu Hause. Die Lampe an seinem Anrufbeantworter blinkte. Brodersen drückte auf den Knopf, um die Nachricht abzuhören. Es war Gronau, der gegen halb neun angerufen hatte. Er teilte mit, dass soeben das erste Ergebnis der Magdeburger Gerichtsmedizin eingetroffen sei. Dieter Dehnert war wie vermutet eines selbst herbeigeführten Todes gestorben. Das Seil, welches er um seinen Hals gelegt hatte, stammte von dem Boot auf Drigalskys Grundstück.

Brodersen löschte die Nachricht. Dann ging er zu Bett. Morgen würde er Franziska Dehnert gegenübertreten müssen. Es würde ein harter Gang werden.

Viertel vor zwölf war er eingeschlafen.

Um zwei Uhr dreißig schreckte er hoch.

Irgendetwas stimmte nicht. Er lauschte in die Stille. Zunächst hörte er nur seinen eigenen Herzschlag.

Ich habe schlecht geträumt, dachte er.

Dann sah er einen Lichtschein durch den schmalen Spalt unter seiner Schlafzimmertür. Hatte er die Flurbeleuchtung nicht gelöscht? Brodersen rutschte aus dem Bett und schlich zur Tür.

Jetzt vernahm er ein Geräusch. Es war ein merkwürdiges Geräusch und er dachte, dass er es irgendwoher kannte. Es klang wie ein Rascheln. Oder Knistern.

Plötzlich wusste er, was es war.

Ebenso rasch wie vorsichtig drückte er die Klinke herunter und öffnete die Schlafzimmertür eine Handbreit. Was er sah, bestätigte seine schreckliche Vermutung: Sein Haus stand in Flammen.

13. Kapitel

Die Hitze kam vom Flur.

Brodersen wusste, dass er die Tür, die zum Korridor führte, sofort wieder schließen musste. Dahinter tobte die Hölle.

Fieberhaft überlegte er, was zu tun war. Uber die Treppe zu entkommen, schien unmöglich. Blieb das Fenster. Also riss er es auf und blickte hinunter. Sein Schlafzimmer lag im Obergeschoss. Es mochten gut vier Meter nach unten sein. Außerdem befand sich direkt unter dem Fenster ein Rosenbeet.

Er fluchte.

Dann sprang er.

Zwischen den Rosen kam er auf. Zu seiner Verwunderung spürte er kaum Schmerz. Der Erdboden um die Rosenstöcke war weich und hatte seinen Aufprall offenbar gut abgefedert. Mit den Beinen war er zwischen die Dornen geraten, aber die Schrammen ignorierte er. Einen Augenblick blieb er liegen, vorsichtig prüfend, ob er sich etwas gebrochen hatte. Dann raffte er sich auf und rannte zur Vorderseite seines Hauses. Die gesamte untere Etage brannte lichterloh. Aus dem Küchenfenster drang dichter Rauch.

Was zum Teufel war passiert? Völlig verwirrt stand er in der Auffahrt und betrachtete entgeistert das Inferno. Dann fiel ihm ein, dass er die Feuerwehr rufen musste. Sofort!

Er rannte zum Nebenhaus und klingelte. Erst als die Tür aufgerissen wurde, nahm er den Finger vom Klingelknopf.

»Es brennt!«, schrie er. »Rufen Sie sofort die Feuerwehr!«

Der Mann, der geöffnet hatte, blickte zu Brodersens Haus hinüber. Entsetzen stand in sein Gesicht geschrieben. Da er sich nicht rührte, schob Brodersen ihn beiseite und rannte in den Flur.

»Das Telefon«, schrie er, »wo ist das Telefon?«

Der Mann drehte sich um und schien erst jetzt zu begreifen, was vor sich ging. Er eilte zu einer Holzkommode und griff nach einem Handy. Dann wählte er 112 und reichte Brodersen das Gerät.

Es dauerte eine Ewigkeit ehe die Verbindung aufgebaut war und sich jemand von der Leitstelle der Berliner Feuerwehr meldete. Brodersen fragte sich, weshalb es so lange dauern musste. »Brodersen, Siedlung Blumenwinkel«, rief er. »Mein Haus steht in Flammen. Schicken Sie umgehend einen Löschzug her.«

»Einer Ihrer Nachbarn hat uns bereits informiert. Die Einsatzfahrzeuge sind unterwegs.«

Der Mann von der Leitstelle hatte seinen Satz kaum beendet, da hörte Brodersen auch schon die Sirenen. Ohne weitere Worte reichte er dem Mann das Handy zurück und rannte hinaus. Er erreichte seine Grundstückszufahrt im selben Moment wie die Feuerwehrfahrzeuge.

Aus dem Küchenfenster loderten die Flammen ins Freie, die Scheiben waren geborsten. Im Innern seines Hauses konnte Brodersen nichts als glühende Feuersbrunst erkennen.

Die Feuerwehrleute sprangen aus ihren Löschfahrzeugen und begannen sofort damit, die Schläuche auszurollen und anzuschließen. Brodersen stand hilflos daneben und sah zu, wie der Wasserstrahl in sein Haus peitschte.

Es war ein unglaubliches Getöse: Die Aggregate der Löschpumpen, die laufenden Motoren der Einsatzfahrzeuge und schließlich das scheußliche Fauchen des wütenden Feuers.

Was um alles in der Welt war denn bloß passiert? Brodersen fragte sich, wie der Brand hatte entstehen können. Soweit er sich erinnerte, war er kurz vor zwölf zu Bett gegangen und sofort eingeschlafen. Den Herd oder ein anderes Gerät, das für einen Brand in Frage kommen konnte, hatte er seines Wissens am Abend nicht betrieben. Was aber war dann die Ursache? Und was wäre gewesen, wäre er nicht im Schlafe aufgeschreckt? Brodersen vermied es im Augenblick darüber nachzudenken.

Irgendwann stand einer der Feuerwehrleute neben ihm. Brodersen kannte den Mann. Er wohnte in einem der Häuser, die sich auf dem Gelände der Kirchengemeinde befanden. Brodersen und er waren sich schon bei zwei oder drei Einsätzen begegnet, aber sein Name fiel ihm nicht ein.

»Kommen Sie, im Rettungswagen haben wir eine Decke«, sagte der Feuerwehrmann.

Brodersen brauchte einen Augenblick, um zu realisieren, was gemeint war. Dann begriff er: Er war nur mit seinem Pyjama bekleidet. Schweigend trabte er hinterher.

Der Notarzt sah sich die Schrammen an, die Brodersen sich bei dem Sprung in die Rosenstöcke zugezogen hatte, und versorgte sie mit Jod und Heftpflastern.

Als Brodersen zehn Minuten später, in eine braune Wolldecke gehüllt, den Rettungswagen verließ, schien der Brand unter Kontrolle gebracht worden zu sein. Dichter schwarzer Qualm drang aus allen Fenstern des Reihenhauses, aber keine Flammen mehr. Es stank nach verbranntem Gummi.

Die Kollegen Milberg und Vogler vom Streifendienst des Polizeiabschnitts Weißensee waren eingetroffen und hatten ihren VW-Bus mit eingeschaltetem Blaulicht in die Zufahrt zu Brodersens Straße gestellt. Er fragte sich, welchen Sinn das Manöver haben sollte. Die Straße war schmal und die Feuerwehrfahrzeuge versperrten sie ohnehin vollständig.

Während Brodersen zu den uniformierten Kollegen schlich, bemerkte er die neugierigen Blicke der Nachbarn aus den umliegenden Häusern. Überrascht stellte er fest, dass es ihn absolut nicht berührte.

Eine Zeit lang saß er bei Milberg und Vogler im Streifenwagen und wartete. Dann kamen Gronau und Kolberg angefahren und er stieg zu ihnen in den dunkelgrünen Opel Omega.

Gronau machte ein betroffenes Gesicht. »Was ist passiert?«

Brodersen zuckte hilflos mit den Schultern. Dann berichtete er, was vorgefallen war. Eine Idee, was die Ursache dieses Brandes hätte sein können, hatte er noch immer nicht.

»Klaus wird es schon herausfinden«, sagte Gronau und wies auf Kolberg, der gerade ausstieg, um sich zu dem qualmenden Haus zu begeben.

Brodersen machte ein süßsaures Gesicht. Auch, wenn es ihm lieber war, dass Kolberg höchstpersönlich hier die Spurensicherung übernahm, musste er sich dennoch fragen, ob er wohl selbst Schuld an diesem Vorfall habe.

Während Kolberg zusammen mit dem Einsatzleiter der Feuerwehr eine erste Inspektion des Eingangsbereiches vornahm, überlegte Brodersen, wie er an vernünftige Kleidung käme, und – wo er den Rest der Nacht verbringen sollte.

»Du kannst vorerst bei mir im Gästezimmer schlafen«, bot Gronau an.

Brodersen nickte schweigend.

Eine Stunde später fuhren sie ab. Die Spurensicherung war noch zu keinem Ergebnis gekommen. Wie es aussah, war das Obergeschoss des Hauses weit weniger in Mitleidenschaft gezogen worden, als es zunächst den Anschein hatte. Küche und Wohnzimmer hingegen waren nichts weiter als ein Trümmerfeld. Was das Feuer nicht vernichtet hatte, war dem Druck des Löschwassers zum Opfer gefallen. Es würde einige Zeit und eine Menge Kraftanstrengung brauchen, bis der alte Zustand wieder einigermaßen hergestellt sein würde.

Als sie Jürgen Gronaus Wohnung in Charlottenburg erreichten, begann es bereits zu dämmern. Brodersen wurde in einem schmalen, aber gemütlichen Zimmer einquartiert. Er legte sich auf das Bett und schloss die Augen. Die braune Wolldecke der Feuerwehr hatte er noch immer bei sich.

Als Brodersen am Morgen gegen halb acht ins Bad schlich, sah er in der Küche Gronaus Frau, die offenbar damit beschäftigt war, den Frühstückstisch zu decken. Aus dem Kinderzimmer hörte er lautes Krakeelen.

Sonntagmorgen in einer richtigen Familie, dachte er.

Brodersen horchte in sich hinein, ob er so etwas wie Neid spürte, aber er kam zu keinem Ergebnis. Was im Augenblick viel schwerer wog, war der Verlust seiner halben Hauseinrichtung.

Im Badezimmer vermied er es, in den Spiegel zu schauen. Er hatte nur knappe drei Stunden geschlafen. Wenn man überhaupt von Schlaf sprechen konnte. Um wenigstens einigermaßen munter zu werden, patschte er sich eine Ladung kaltes Wasser ins Gesicht. Dann putzte er sich die Zähne.

Gronau hatte auf seinen Wunsch hin bei ihrer Herfahrt in der Nacht noch an einer Tankstelle gehalten, damit Brodersen sich eine Zahnbürste kaufen konnte.

Um acht saßen sie am Frühstückstisch.

Während Annegret Gronau den Kaffee eingoss, ertappte er sich dabei, wie er sie musterte. Würde er noch einmal das Glück haben, eine Frau zu finden, mit der es sich lohnte, alt zu werden? Im Moment schien es für ihn wenig Hoffnung zu geben.

Kurz nach neun verließ er die Wohnung seines Kollegen. Gronau hatte ihn mit ein paar Kleidungsstücken ausgestattet, die Brodersen wie angegossen passten. Da der Volvo vor seinem ausgebrannten Haus in Heinersdorf stand, nahm er die S-Bahn.

Trotz der Aufregung der Nacht war ihm nicht entfallen, was er zu tun hatte.

Viertel vor zehn erreichte er Franziska Dehnerts Wohnung am Waidmannsluster Damm. Nachdem er geklingelt hatte, wurde ihm fast unmittelbar geöffnet. Brodersen kam es vor, als sei er erwartet worden. Er hoffte, dass Franziska Dehnert nicht aus der Presse vom Selbstmord ihres Vaters erfahren hatte.

Als er vor ihr stand, erkannte er, dass er diesen Gedanken fallen lassen konnte. Die junge Frau sah eindeutig nicht wie jemand aus, der vor kurzem seinen Vater verloren hatte.

Franziska Dehnert bat ihn mit einer Handbewegung ins Wohnzimmer. »Haben Sie schon wieder Fragen zu Theos Vergangenheit?«

Brodersen spürte, wie sich sein Magen verkrampfte. Stumm schüttelte er den Kopf. In Momenten wie diesem hasste er seinen Beruf. »Ich komme, weil ich Ihnen eine traurige Mitteilung machen muss«, sagte er mit gedämpfter Stimme.

Franziska Dehnert sah ihn fragend an.

»Es geht um Ihren Vater«, fuhr Brodersen noch leiser fort.

Die junge Frau machte ein paar Schritte rückwärts, bis sie mit den Beinen an einen der weinroten IKEA-Sessel stieß. »Was ... ist mit meinem Vater?«

Brodersen spürte, wie sein Kopf zu summen begann. »Er ist ... tot.«

Franziska Dehnert schüttelte heftig den Kopf. Sie öffnete den Mund, aber sie sagte nichts. Dann ließ sie sich rückwärts in den Sessel hinab und begann leise zu weinen.

Brodersen stand hilflos in der Mitte des Zimmers und kam sich vor wie ein Schwein. *Der Überbringer einer Todesnachricht ist der Mörder der Seele,* hatte sein alter Kollege Irrgang hin und wieder gesagt. In diesem Augenblick wusste Brodersen, dass er Recht gehabt hatte.

Nach einer halben Ewigkeit begann Franziska Dehnert, sich zu beruhigen. Sie blickte Brodersen mit verheulten Augen an. Ihr Make-up war verschmiert.

»Was ist passiert?«, fragte sie.

Er zog sich einen der Stühle vom Esstisch heran und setzte sich der jungen Frau gegenüber. Dann erzählte er, wie er ihren Vater im Schuppen von Theo Drigalskys Sommergrundstück gefunden hatte.

Als er geendet hatte, saßen sie eine Weile schweigend.

Irgendwann hob Franziska Dehnert den Kopf und sah ihm in die Augen. »Er ist hier gewesen«, sagte sie. »Vorgestern. Ich selbst war nicht zu Hause. Eine Nachbarin hat ihn gesehen. Er soll jämmerlich ausgesehen haben. Als er merkte, dass ich nicht da war, verschwand er. Ich habe versucht, ihn telefonisch zu erreichen, aber sein Handy war ausgeschaltet. Schließlich habe ich meine Oma in Lichtenhain angerufen. Sie wusste auch nicht, wo er steckte oder was er von mir wollte.«

Einen Augenblick verstummte sie. Dann fuhr sie fort. »Es muss schlimm für ihn gewesen sein. Die Verhaftung und die Verdächtigungen. Meine Oma sagt, die Leute im Dorf seien ihm aus dem Weg gegangen und hätten seine Gaststätte gemieden.«

»Woher wusste Ihr Vater eigentlich von Theo Drigalskys Sommergrundstück?«

Franziska Dehnert schnäuzte sich. »Ich habe ihm mal davon erzählt. Kurz, nachdem ich das erste Mal bei Theo in Berlin war. Ich habe davon geschwärmt, wie schön es dort draußen ist. Damals war Winter und alles sah aus wie eine Märchenlandschaft. Vater hat nur abgewunken. Bei allem, was mit Theo zu tun hatte, machte er sofort dicht.«

Brodersen nickte verständnisvoll. Wie die Ermittler mit Dieter Dehnert umgegangen waren, empfand er noch immer als völlig unangemessen.

»Möglicherweise hat Vater mich dort draußen gesucht, auf Theos Grundstück.«

»Vielleicht«, sagte Brodersen und erhob sich langsam. »Aber ich fürchte, wir werden es nie genau herausfinden.«

Nach einer kurzen Verabschiedung verließ er die Wohnung der jungen Frau. Auf der Straße suchte er seinen Wagen, bis ihm einfiel, dass der vor seinem abgebrannten Haus stand und er mit der S-Bahn gekommen war. Missmutig lief er zum Bahnhof und setzte sich in einen Zug, der ihn in die Stadt zurückbrachte.

Als er gegen halb eins sein Büro im Präsidium betrat, schwirrte noch immer eine beträchtliche Anzahl kleiner Fliegen im Raum umher. Er blickte in den Papierkorb, aber der weggeworfene Salat war verschwunden. Kopfschüttelnd öffnete er das Fenster. Dann setzte er sich an seinen Schreibtisch und begann damit, einen Kurzbericht über das Gespräch mit Franziska Dehnert anzufertigen.

Irgendwann klingelte sein Telefon. Als er abnahm, hörte er Kolbergs Stimme.

»Das Ergebnis der Brandbegutachtung deines Hauses liegt vor. Ich hätte nicht gedacht, dass die Auswertung so schnell gehen würde.«

Brodersen spitzte die Ohren.

»Vor allem aber hätte ich nicht erwartet, was die Kollegen herausgefunden haben«, sagte Kolberg.

Brodersen merkte, wie ihm die Hitze ins Gesicht stieg. Wenn er selbst an dem Brand Schuld sein würde, waren Probleme mit seiner Versicherung vorprogrammiert. »Was denn?«

Kolberg zögerte einen Augenblick mit der Antwort. Dann sagte er es: »Es war eindeutig Brandstiftung!«

14. Kapitel

Brodersen war der festen Meinung, dass Kolberg und seine Kollegen sich irren mussten. »Brandstiftung?«, fragte er. »Wer sollte denn mein Haus anzünden?«

Kolbergs Stimme brummte aus dem Hörer. »Das werden wir versuchen herauszufinden. Aber es gibt keinen Zweifel: Im Erdgeschoss wurde ein Brandsatz entdeckt. Zwar ziemlich einfach konstruiert, aber mit einem hohen Grad an Effektivität. Wenn du nicht durch Zufall aufgewacht wärst, hättest du keine Chance gehabt.«

»Wo sollen die Täter denn reingekommen sein? Nach dem Überfall im vergangenen Spätherbst habe ich meine Eingangstür mit einem massiven Stahlriegel sichern lassen.«

»Und die Fenster?«, gab Kolberg zurück. »Was ist damit? Noch wissen wir nicht alle Details, aber es deutet einiges darauf hin, dass der Brandsatz durch das rückwärtige Fenster eingebracht worden ist.«

»Durch mein Wohnzimmerfenster?«

»Höchstwahrscheinlich. Es war aufgehebelt.«

Brodersen murmelte ein paar Worte des Dankes. Dann legte er auf.

Irgendwann klappte er die Mappe mit dem Berichtsentwurf zu, schloss das Fenster und schnappte sich seine Jacke. Gronaus Jacke, wenn man es genau nahm. Punkt vierzehn Uhr verließ er das Präsidium und fuhr mit Bus und Bahn nach Heinersdorf. Er wollte wissen, wie es in seinem Haus aussah. Oder in dem, was davon übrig geblieben war.

Nach einer knappen Stunde hatte er die Siedlung erreicht. Die letzten Meter war er fast geschlichen. Er fürchtete sich vor dem Anblick, der ihn erwarten würde. Aber es nützte nichts. Schließlich gehörte ihm das Haus. Oder zumindest eine Hälfte davon. Was war eigentlich mit der anderen Hälfte passiert? Brodersen hoffte, dass die Flammen nicht auch noch auf den Besitz der Zimmermanns übergegriffen hatten.

Glücklicherweise schien dies nicht der Fall, der Brand hatte sich im Wesentlichen auf den Teil des Hauses konzentriert, der ihm gehörte.

Es sah verheerend aus. Die Eingangstür existierte praktisch nicht mehr. Stattdessen hatte man ein rot-weißes Absperrband quer über den Rahmen geklebt. Dahinter gähnte ein schwarzes Loch. Die Fassade hatte im unteren Teil den Putz verloren, darüber war sie verrußt.

Er fragte sich, was die Instandsetzung wohl kosten würde. Da es sich offenbar um Brandstiftung handelte, würden die Kosten wohl von seiner Gebäude- und Hausratversicherung übernommen werden. Und wenn er unterversichert war?

Brodersen kletterte unter dem Absperrband hindurch und betrat das, was einmal sein Flur gewesen war. Drinnen stank es erbärmlich nach verkokeltem Holz und verschmortem Gummi. Der Boden war mit einem Gemisch aus verbranntem Mobiliar, Löschwasser und Asche bedeckt. In der Küche grinste ihm das Gerippe seines Elektroherdes entgegen. Ansonsten war nichts übrig geblieben. Ebenso sah es im Wohnzimmer aus. Schwarze Holzfragmente, zerschlagenes Glas, geschmolzenes Metall. Und jede Menge Dreck und Wasser.

Wüsste ich es nicht besser, ich würde glauben, mich in einer Abrissruine zu befinden, dachte er.

Dann nahm er die Treppe zum Obergeschoss. Langsam, Stufe für Stufe, schlich er hinauf. Die Tür zu seinem Schlafzimmer war geschlossen. Vorsichtig öffnete er sie und warf einen Blick hinein. Erleichtert atmete er auf. Hier gab es kaum Beschädigungen. Einzig zwei Porzellanvasen waren vom Regal gestürzt.

Kraftlos ließ Brodersen sich auf das Bett fallen. Das intakte Schlafzimmer war im Grunde nur ein schwacher Trost. Und er würde hier auch nicht wohnen können. Vorläufig jedenfalls nicht, dazu musste erst die Tragfähigkeit der Bausubstanz geprüft werden. Wenn die Sache mit der Versicherung geklärt sein würde, musste er sich unbedingt um eine Sanierung kümmern. Und bis dahin würde er wohl oder übel in Lehnitz wohnen müssen. Zum Glück hatte er den Pachtvertrag für sein Gartenhäuschen noch nicht gekündigt.

Viertel vor vier verließ er die Siedlung Blumenwinkel. Zuvor hatte er die paar Sachen, die das Feuer schadlos überstanden hatten und die er für einigermaßen wertvoll hielt, zu seinem Volvo geschleppt und im Kofferraum verstaut. Darunter befanden sich auch zwei Fotoalben aus besseren Zeiten.

Außerdem war er froh, eigene Kleidungsstücke mitnehmen zu können.

Während er in Richtung Autobahn fuhr, dachte er an Kathrin. Auch, wenn sie jetzt geschieden waren, würde er sie über den Brand informieren müssen. Noch waren sie als gemeinschaftliche Eigentümer im Grundbuch eingetragen. Eine Lösung dieses Vermögensproblems stand noch immer aus.

In Lehnitz verbrachte er zwei Stunden damit, seinen Bungalow zu reinigen und wohnfähig zu machen. Dann holte er einen alten Liegestuhl aus dem Schuppen und setzte sich in den Garten. Um halb neun lief er in die Dorfkneipe und aß zu Abend.

Gegen elf lag er auf der Couch und schloss die Augen. Bevor er einschlief, dachte er an Franziska Dehnert und ihren toten Vater. Obwohl er nichts mit Dehnerts Verhaftung zu tun gehabt hatte, fühlte er sich schuldig. Er fragte sich, wie Oberstaatsanwalt Richartz mit der Situation fertig würde. Aber vielleicht machte der sich gar keine Gedanken darüber.

Am Montag, dem 27. Mai, erschien Brodersen mit dicken Augenringen zum Dienst. Auch in dieser Nacht hatte er schlecht geschlafen. Gegen vier war er schweißnass aus einem Albtraum erwacht. Es hatte einige Augenblicke gebraucht, bis er wusste, wo er überhaupt war.

Da in seiner Laube weder ein Rest Kaffee noch irgendwelche Lebensmittel vorhanden waren, hatte er auf ein Frühstück verzichtet. Eine gute Stunde hatte er von Lehnitz ins Präsidium gebraucht. Unterwegs hatte er sich an einer Bäckerei zwei belegte Baguettes und einen Becher Kaffee besorgt.

Nachdem er das Fenster seines Dienstzimmers geöffnet hatte, ging er zu Gronaus Büro und stellte die Plastiktüte mit der geliehenen Kleidung neben den Schreibtisch des Kollegen. Ihm fiel ein, dass er an der Tankstelle eine Schachtel Pralinen für Gronaus Frau hatte kaufen und dazulegen wollen, was er allerdings dann wieder vergessen hatte.

Außerdem hätte es sich wohl so gehört, dass er die Sachen vor der Rückgabe hätte waschen müssen. Aber womit? Seine Waschmaschine existierte seit vorletzter Nacht nicht mehr.

Ins eigene Büro zurückgekehrt, kramte er in der Schreibtischschublade nach der Visitenkarte seines Versicherungsvertreters. Wie lange mochte es wohl dauern, bis der Schaden behoben war und er wieder in sein Haus einziehen konnte?

Zehn Minuten später war er schlauer. Der Versicherungsvertreter hatte versprochen, noch am gleichen Tag einen Gutachter vorbeizuschicken, der das Haus unter die Lupe nehmen und die Höhe des Schadens schätzen sollte. Ungeachtet dessen könne bereits jetzt eine Firma mit der Sanierung beauftragt werden. Die Rechnung würde die Versicherung später übernehmen. Überdies wurde Brodersen in Aussicht gestellt, eine Sofortsumme von zehntausend Euro auf sein Konto zu überweisen, damit er sich mit dem Nötigsten versorgen könne.

Gegen halb neun rief Gronau an und fragte nach Brodersens Befinden. Sie vereinbarten für neun Uhr ein Treffen, um das weitere Vorgehen zu besprechen. Auch der Brandanschlag auf Brodersens Haus sollte erörtert werden. Als das Telefonat beendet war, griff er nach dem Branchenadressbuch und blätterte darin herum. Er hatte keine Ahnung, wen er wegen der Instandsetzung seines Hauses anrufen sollte. Welche Berufssparte beschäftigte sich mit so etwas? Schließlich fand er eine Firma für Brandschadensanierung, die sich dem Text ihrer Annonce nach anbot, die Ausführung aller anfallenden Arbeiten zu organisieren. Brodersen griff zum Hörer und wählte die entsprechende Nummer. Die Dame am anderen Ende versprach ihm, umgehend jemanden vorbeizuschicken, der sich der Sache annehmen würde.

Als er kurz vor neun sein Büro verließ, fiel ihm ein, dass er völlig vergessen hatte, nach der Dauer einer solchen

Sanierung zu fragen. Aber das würde wohl ohnehin eine vorherige Prüfung des jeweiligen Objekts voraussetzen.

Im Versammlungszimmer herrschte eine misslaunige Stimmung und Brodersen war klar, warum. Die Ermittlungen schleppten sich dahin. Sie schienen sich festgefahren zu haben.

Vielleicht hat Richartz doch Recht, dachte er. Vielleicht sollten wir den Fall vorerst auf Eis legen. Und wenn sich neue Erkenntnisse ergeben, könnten wir weitermachen.

Brodersen fuhr sich mit der flachen Hand über das Gesicht. Nein. Sie durften nicht aufgeben. Das wäre gegen alle Grundsätze, die er sich selbst einmal auferlegt hatte. Auch wenn es schwer war, sie mussten weitermachen und eine Spur finden. Eine Spur, die sie zum Täter führte. Und zu dessen Motiv.

Brodersen räusperte sich. Dann begann er von seinem Besuch bei Franziska Dehnert zu berichten. Und von dem möglichen Hintergrund des Selbstmordes ihres Vaters. »Es ist schon zuviel passiert, sodass wir den Fall Drigalsky jetzt nicht schleifen lassen können. Ich weiß, dass unsere bisherigen Ermittlungsergebnisse mehr als entmutigend sind. Dennoch«, er schlug heftig mit der Hand auf die Tischplatte, »es muss doch eine Spur geben, zum Donnerwetter.«

Zunächst sagte niemand etwas. Dann meldete sich Kolberg zu Wort. Nach dem Brand in Brodersens Haus hatte er gegenüber Wieschalla durchgesetzt, bei der Truppe bleiben zu können. »Was ist eigentlich mit dem Computer in Drigalskys Haus? Hat Gronau sich den schon angesehen?«

Brodersen stutzte. Genau darum hatte er Gronau bitten wollen, bevor er den toten Dehnert im Schuppen gefunden hatte. Danach aber hatte er es schlichtweg vergessen.

»Das müssen wir unbedingt in Angriff nehmen«, sagte er schließlich an Gronau gewandt. »Am besten, du fährst gleich raus nach Frohnau und siehst dir das Ding mal genauer an.«

»Würde ich gern«, entgegnete Gronau, »aber Wieschalla besteht darauf, dass ich um zehn mit Schober zu dem Gebrauchtwagenhandel fahre, wo Koch niedergeschlagen worden ist. Wir sollen alle Dokumente beschlagnahmen, die wir finden.«

»Seit wann schreibt Wieschalla uns denn die Aufgabenverteilung vor?«

Gronau zuckte mit den Schultern. »Er ist der Chef.«

Brodersen verzog das Gesicht zu einer undefinierbaren Grimasse. »Dann fahr eben danach zu Drigalskys Haus«, knirschte er. »Ich halte es für wichtig, den Computer zu überprüfen.« Wir hätten es ohnehin längst tun sollen, setzte er im Stillen hinzu. Wieso sie es dennoch unterlassen hatten, war schwer zu sagen. Offenbar überforderte sie die ganze Sache langsam. Und dann kommt so ein Lackaffe wie Richartz auf den verrückten Gedanken, Personal aus der Ermittlungsgruppe mit anderen Aufgaben zu betrauen. Und Wieschalla macht mit! Eine prima Voraussetzung für effektives Arbeiten.

Die nächsten zwanzig Minuten verbrachten sie damit, über den Brandanschlag auf Brodersens Haus zu sprechen. Die erste Vermutung hatte sich bestätigt: Der Täter musste durch das Wohnzimmerfenster in das Haus eingedrungen sein und den Brandsatz irgendwo in der Nähe der Sofaecke versteckt haben. Offenbar war er mit einem Zeitzünder versehen worden. Täterspuren waren nicht zu finden gewesen und eine erste vorsichtige Befragung in der Nachbarschaft hatte auch nichts ergeben. Niemand hatte etwas gesehen oder gehört.

»Ich frage mich die ganze Zeit, wer dahinter stecken könnte«, sagte Gronau schließlich. »Dass es sich um irgendeinen Kleinkriminellen handelt, den Werner mal in den Knast gebracht hat, erscheint mir unwahrscheinlich.«

Brodersen zuckte mit den Schultern. Auch er glaubte nicht an diese Variante. Woran aber glaubte er dann? Offen gestanden wusste er nicht, woran er überhaupt noch glauben sollte. Er fühlte sich müde und erledigt. Und im Grunde hatte er nur einen Wunsch: Endlich diesen Fall zu einem Abschluss zu bringen und dann eine Woche Urlaub zu nehmen und auszuspannen. Er hatte es bitter nötig.

Viertel vor zehn trennten sie sich und Brodersen schlich in sein Büro zurück, wo er sich an den Schreibtisch setzte, den Kopf in die Hände stützte und die Augen schloss. Irgendwo musste es eine Spur geben. Eine Fährte, der sie folgen konnten. Zuviel war passiert. Den *perfekten Mord* gab es nicht. Irgendwann oder irgendwo musste der Täter einen Fehler gemacht haben. Und ihre Aufgabe war es, diesen Fehler zu finden.

Das Telefon riss ihn aus seinen Gedanken. Verwirrt nahm er ab.

»Gronau hier. Wir stehen vor dem Gelände des Gebrauchtwagenhändlers und beobachten eine verdächtige Person, die sich an der Tür zur Bürobaracke zu schaffen macht.«

»Ihr seid schon dort?« Brodersen sah auf seine Armbanduhr. Es war halb elf. Offenbar war er an seinem Schreibtisch eingenickt, ohne es bemerkt zu haben.

»Was sollen wir tun? Beobachten oder festnehmen?«

»Beobachten. Lasst ihn machen. Und wenn er verduften will, nehmt ihn fest. Ich komme hin.« Brodersen legte auf.

Dann erhob er sich missmutig, schnappte sich stöhnend seine Jacke und verließ das Büro.

Dass man ihm die Gebrauchtwagenhändlersache aufgedrückt hatte, ärgerte ihn noch immer. Natürlich musste auch diese Ermittlung vorangetrieben werden. Und da Koch nun ausgefallen war, blieb wohl keine andere Möglichkeit, als selbst Hand anzulegen. Es war nötig aber lästig. Und Brodersen merkte, dass es ihm schwer fiel, sich überhaupt noch zu konzentrieren. Der Fall Theo Drigalsky beschäftigte ihn viel zu sehr, als dass in seinem Kopf noch Platz für anderes gewesen wäre.

Fünf vor elf traf Brodersen auf dem Hof des Gebrauchtwagenhandels in der Grunewaldstraße ein. Gronau und Schober waren gerade dabei, einen jungen Mann in ausgeblichenen Jeans zu durchsuchen.

Brodersen setzte sich auf die kleine Holzbank vor dem Büro und wartete. Nachdem die Kollegen den Burschen mit Handschellen versorgt hatten, drängten sie ihn zu ihrem Dienstwagen.

»Der Kerl hat seinen Bullterrier auf uns gehetzt, als wir ihn überprüfen wollten«, sagte Schober aufgebracht, als sie an Brodersen vorbeiliefen. »Jürgen wusste sich keinen anderen Rat, als den Kampfhund zu erschießen, als er auf mich losgegangen ist und mir ins Bein gebissen hat.«

»Kampfhund«, polterte der Festgenommene, »so ein Quatsch! Es gibt überhaupt keine Kampfhunde!«

Schober rieb sich den blutigen Unterschenkel. Seine Hose war zerfetzt.

»Natürlich nicht«, rief er wütend. »Es gibt ja auch keine Mörder ...«

Brodersen sah ihnen nach, wie sie den wild herumfuchtelnden jungen Mann auf die Rückbank des dunkelgrünen Opel Omega schoben. Über Funk forderte Gronau einen Gefangenentransporter an. Schober kam zurückgehumpelt und setzte sich neben Brodersen.

»Schöne Scheiße«, sagte er und wies auf sein blutendes Bein. »Ich hoffe nur, das Vieh hatte keine Tollwut ...«

»Du brauchst einen Arzt«, entgegnete Brodersen mit zusammengekniffenen Augen. Der Anblick von Schobers zerfetztem Unterschenkel war alles andere als angenehm.

Dann kam Gronau angelaufen. »Der Kerl heißt Mario Strauchelt. Scheint ein Gewohnheitseinbrecher zu sein. Ich hab mit Kolkner von der Einsatzzentrale gesprochen und der hat im Computer nachgesehen. Strauchelt ist Polizeibekannt. Lebt mal hier, mal dort. Im Grunde ein Wohnungsloser, der sich mit krummen Dingern und zwielichtigen Geschäften über Wasser hält.«

»Und mit ziemlicher Sicherheit nicht der Mörder des Gebrauchtwagenhändlers«, ergänzte Brodersen.

Gronau stimmte zu. Auch der Übergriff auf ihren Kollegen Koch ging wohl nicht auf Strauchelts Konto.

Nachdem der Gefangenentransporter gekommen und der heftig protestierende Strauchelt damit fortgebracht worden war, holte Brodersen mit Gronau die Akten aus der Baracke und trug sie in seinen Volvo. Nach gut zehn Minuten waren sie fertig und verabschiedeten sich.

Gronau würde nun zu Drigalskys Haus fahren und sich um dessen Computer kümmern. Er versprach, vorher Schober zu einem Arzt zu bringen.

Brodersen selbst fuhr zurück in die Keithstraße. Kurz vor zwölf erreichte er das Präsidium des LKA. In der Toreinfahrt stand ein LKW und versperrte den Weg. Fluchend setzte Brodersen zurück und suchte sich einen Parkplatz in einer der Nebenstraßen. Den ersten Schwung Akten holte er aus dem Kofferraum und schleppte sie zu seiner Dienststelle. Kurz bevor er in Höhe des Eingangs die Straße überquerte, fuhr Richartz in einem dunklen Daimler an ihm vorbei. Ob der Oberstaatsanwalt seinen Führerschein schon wieder zurückerhalten hatte? Soviel ihm bekannt war, gingen die Richter mit Trunkenbolden im Straßenverkehr nicht zimperlich um. Aber vielleicht hatte Richartz ja irgendwelche halblegalen Verbindungen, wer wusste das schon.

In seinem Büro setzte er die Kaffeemaschine in Gang. Dann rief er seine geschiedene Frau an und berichtete über den Hausbrand. Kathrin sagte kaum etwas dazu. Sie wollte die Sache zunächst mit ihrer Anwältin besprechen. Im Übrigen sei über das Schicksal des Hauses ohnehin noch nicht entschieden worden.

Brodersen war überrascht, wie kalt Kathrin die Sache ließ. Sie hatten zwar nur kurze Zeit zusammen in dem Haus gewohnt, aber sie hatten es gemeinsam ausgesucht und schließlich auch gekauft. In besseren Zeiten.

Gegen eins bekam er Hunger. Kurz entschlossen verließ er sein Büro und lief zur Kantine. Dort herrschte reger Andrang. Brodersen nahm Sauerbraten mit Salzkartoffeln und setzte sich an einen freien Tisch an der Fensterfront. Ihm fiel ein, dass er eigentlich den Vorsatz gehabt hatte, sich gesünder zu ernähren. Das, was hier vor ihm auf dem Teller lag, war wohl nicht gerade ein Indiz dafür.

Am Nebentisch saßen zwei Kollegen des Betrugsdezernats. Brodersen kannte sie flüchtig und nickte hinüber, als ihre Blicke sich trafen. Dann griff er nach dem Salzstreuer und würzte sein Essen nach. Während er aß, hörte er, wie sich die Kollegen über einen ihrer Fälle unterhielten. Offenbar waren sie einem Briefträger auf die Schliche gekommen, der seine Post, anstatt sie zuzustellen, einfach beiseite geschafft und vernichtet hatte. Brodersen fragte sich, ob es so etwas wie Berufsehre überhaupt noch gab. Was waren das für Zeiten, in denen ein Postbote aus Bequemlichkeit die Post wegwarf? Er schüttelte den Kopf. Das wäre ja so, als würde er seine Ermittlungsakten vernichten, um Arbeit zu sparen. Eine groteske Vorstellung.

Nachdem er aufgegessen und seinen leeren Teller auf das Förderband der Geschirrrückgabe gestellt hatte, ging er zurück in sein Büro und setzte sich an den Schreibtisch. Er merkte, dass ihn das Essen noch müder gemacht hatte. Aber es war wohl nicht das Essen allein.

Gedankenverloren zog er sich seinen Collegeblock heran und blätterte darin herum. In Sachen Theo Drigalsky befanden sie sich ermittlungsmäßig noch immer auf einem absoluten Nullpunkt. Nichts, was nach einer Spur ausgesehen hatte, war eine solche gewesen. Alle Theorien waren zusammengefallen wie ein Kartenhaus. Brodersen lehnte sich zurück und schloss die Augen.

Irgendwann schreckte er auf. Ein Ruck war durch seinen Körper gegangen, er war wohl für den Bruchteil einer Sekunde eingenickt. Er rieb sich über seine Augen. Dann stutzte er. Da war ein wichtiger Gedanke gewesen. Ganz kurz, bevor er weggetreten war. Er versuchte angestrengt, sich zu erinnern. Es hatte etwas mit dem kriminellen

Briefträger zu tun gehabt oder vielmehr mit der unterschlagenen Post.

Er richtete sich auf und schob den Collageblock beiseite. Woran hatte er bloß gedacht? Während er nach der Kaffeetasse griff, fiel es ihm ein: Er hatte an Oberstaatsanwalt Richartz und seine Trunkenheitsfahrt gedacht. Daran, dass er ihn heute Mittag in seinem Auto gesehen hatte. Und daran, dass es für Richartz ein Leichtes wäre, seine eigene Strafakte verschwinden zu lassen, so wie der Postbote die Post. Ein Wilderer im eigenen Revier. Wenn Richartz es geschickt angestellt hatte, würde es niemand merken. Und wenn es doch jemand bemerkt hatte? Ihm auf die Schliche gekommen war? Ein Kollege? Vielleicht Drigalsky? Wie hätte Richartz dann reagiert?

Es ist keine richtige Spur, dachte Brodersen. Allenfalls eine dünne Linie. Kaum mehr. Aber sie ist es wert, überprüft zu werden. Er griff zum Telefon und wählte Gronaus Mobilfunknummer.

Gronau nahm fast unmittelbar ab.

»Ich bin's. Wo steckst du?«

»In Drigalskys Haus. Ich sitze noch vor dem Computer.«

»Und? Hast du was herausgefunden?«

Gronau atmete hörbar aus. »Das kann man wohl sagen.«

»Was ist es?«

»Nun, manche Leute würden es wohl für Kunst halten. Ich nenne es Pornografie.«

»Pornografie? Auf Drigalskys Computer?«

»So ist es. Jede Menge davon. Vermutlich aus dem Internet. Offenbar war er ein Freund solcher Dinge.«

»Und? Gibt es irgendwelche Hinweise auf eine Verbindung zu unserem Mordfall?«

»Was ich bisher gefunden habe, deutet nicht darauf hin. Das Material auf der Festplatte ist weder illegal noch sonst wie verdächtig.«

»Hm«, brummte Brodersen. Er fragte sich, ob Franziska Dehnert von den geheimen Gelüsten ihres Freundes wusste. »Wie lange denkst du, wirst du noch brauchen?«

»Keine Ahnung. Lange wohl nicht mehr. Warum?«

»Ich wollte dich bitten, für mich eine Sache im Polizeicomputer zu ermitteln. Etwas über die Abgabe eines Ermittlungsverfahrens an die Staatsanwaltschaft.«

»Kann ich nachher machen. Wenn es eilig ist, kannst du auch Frau Predel anrufen. Die Datenerfasserin. Die kann dir sicher helfen.«

»Danke, werde ich tun.«

Brodersen legte auf. Ihm fiel ein, dass er vergessen hatte zu fragen, wie es Schober ging. Der Hundebiss würde sicher eine langfristige ärztliche Behandlung erfordern.

Nachdem er im Telefonverzeichnis des Landeskriminalamtes die Nummer der Datenerfasserin Predel ausfindig gemacht hatte, rief er sie an und nannte ihr seinen Wunsch. Frau Predel erwies sich als außerordentlich hilfsbereit. Sie machte Brodersen den Vorschlag, bei ihr vorbeizukommen und die Sache mit ihr gemeinsam im Rechner zu überprüfen. Brodersen bedankte sich. Wenn Richartz tatsächlich seine Akte hatte verschwinden lassen, würde er sich auf ein saftiges Disziplinarverfahren gefasst machen können. Ganz zu schweigen von den strafrechtlichen Konsequenzen. Und der Mord an Drigalsky? Konnte es tatsächlich einen Zusammenhang geben?

15. Kapitel

Das Verfahren gegen Albrecht Richartz, geboren am 26. August 1948, wurde hier am 10. Mai an die Staatsanwaltschaft Berlin abgegeben.« Frau Predel wies auf den entsprechenden Datensatz.

Brodersen stand neben ihr und starrte auf den Bildschirm. »Von der Zeit her passt es genau«, murmelte er.

»Wie bitte?«

»Ich habe nur laut gedacht. Können Sie mir das Aktenzeichen der Staatsanwaltschaft nennen, unter dem das Verfahren dort geführt wird?«

Frau Predel nickte und tippte ein paar Befehle in den Computer. Plötzlich stutzte sie. »Das ist merkwürdig«, sagte sie nachdenklich.

»Was denn?«

»Hier ist kein übernehmendes Aktenzeichen vermerkt.«

»Und was bedeutet das?«

»Ich weiß nicht. Normalerweise haben wir die Bestätigung mit dem Aktenzeichen nach spätestens einer Woche. Offenbar haben die sehr große Rückstände bei der Staatsanwaltschaft ...«

»... oder der Vorgang ist dort nie angekommen«, ergänzte Brodersen.

Frau Predel sah ihn mit großen Augen an. »Nicht angekommen? Das kann ich mir nicht vorstellen.«

»Wird das automatisch geprüft?«, fragte Brodersen. »Ich meine, dass die Übernahme der Ermittlungsvorgänge erfolgt ist?«

Die Datenerfasserin schüttelte den Kopf. »Das sieht unser System nicht vor.«

»Das heißt also, wenn so eine Akte in Verlust gerät und keiner mehr danach fragt, bleibt die Straftat möglicherweise ungesühnt? Nur, weil es keine Kontrolle der ordnungsgemäßen Übernahme gibt? Das ist ja unglaublich ...«

»Ganz so einfach ist das nicht«, entgegnete Frau Predel. »Zumeist gibt es ja einen Geschädigten. Der würde dann schon irgendwann nachfragen, was aus seiner Sache geworden ist. Nehmen wir einen Autodiebstahl. Hier braucht der Bestohlene für seine Versicherung auf jeden Fall einen Bescheid der Amts- oder der Staatsanwaltschaft. Auch, wenn die den Täter nicht ermitteln können und das Verfahren einstellen. Und wenn der seinen Bescheid nicht bekommt, wird er nachfragen und wir würden merken, dass da etwas nicht stimmt. Dann fällt die Sache auf.«

Brodersen nickte. Trotzdem fand er das Ganze merkwürdig.

Er bedankte sich bei Frau Predel und lief zurück in sein Büro. Dort suchte er die Nummer des Kriminalgerichts Moabit heraus. Vielleicht würde sich in der dortigen Poststelle jemand daran erinnern, den Vorgang noch gesehen zu haben.

Er zögerte. Nein, dass sich jemand so genau daran erinnern konnte, hielt er für äußerst unwahrscheinlich. Er nahm an, dass täglich hunderte ähnlicher Vorgänge über die Tische der dortigen Briefannahmestelle laufen würden. Dennoch. Irgendwie musste er an dieser Stelle ansetzen. Kurz entschlossen schnappte er sich seine Jacke und verließ das Büro.

Fünf vor drei am Nachmittag betrat er das Gerichtsgebäude in der Moabiter Turmstraße. An der Pforte fragte er nach der Geschäftsstelle für Verkehrsstrafsachen bei der Staatsanwaltschaft. Man nannte ihm die entsprechende Zimmernummer und Brodersen machte sich auf den Weg. Die Registratur lag im dritten Stock und auffallend nahe bei Theo Drigalskys ehemaligem Dienstzimmer.

Brodersen klopfte. Da keine Antwort kam, drückte er auf die Klinke, aber die Tür war abgesperrt. Ratlos sah er sich um. Wann machten die hier Feierabend?

Gerade als er zurück zum Treppenhaus gehen wollte, kam ein junger Mann angelaufen und steuerte auf die Registratur zu, zog einen Schlüssel aus seiner Hosentasche und schloss auf.

Brodersen machte auf dem Absatz kehrt und folgte ihm. »Entschuldigen Sie«, sagte er und hielt dem Mann seinen Dienstausweis vor die Nase. »Mein Name ist Brodersen. Kriminalpolizei.«

Der junge Mann nickte. »Martin Wittich, Justizobersekretär. Geht es noch immer um den Tod von Herrn Drigalsky?«

Brodersen machte ein ausdrucksloses Gesicht. »Es geht um eine Ermittlungsakte der Polizeidirektion 5. Genauer gesagt um ein Verfahren wegen Straßenverkehrsgefährdung infolge Trunkenheit. Die Kollegen konnten keinen Rücklauf einer Aktenzeichenmitteilung feststellen.«

Wittich warf Brodersen einen ungläubigen Blick zu. »Und dafür schicken die jemanden von der Kripo?«

»Können Sie sich an eine solche Sache erinnern? Die Abgabe erfolgte am 10. Mai.«

»Wir haben hier haufenweise solcher Verfahren. Wie ist denn der Name des Beschuldigten?«

Brodersen zog seine Nase zusammen. »Richartz. Albrecht Richartz.«

»Sie meinen unseren Oberstaatsanwalt Richartz?«

Brodersen nickte. »Dass die Sache der dienstlichen Geheimhaltung unterliegt, brauche ich nicht extra zu erwähnen, oder?«

Wittich schüttelte den Kopf. »Ich weiß Bescheid«, sagte er.

»Und? Ist Ihnen die Sache ein Begriff?«

Der Registrator nickte. »Ich kann mich daran erinnern. Ist ja klar, dass man genauer hinsieht, wenn es um einen Mitarbeiter des Hauses geht. Und dann auch noch Richartz! Der Übergenaue!«

»Und wo ist die Akte jetzt?«

»Na, ich nehme an im Geschäftsgang.« Er setzte sich an seinen Computer und tippte etwas ein.

Nach einem kurzen Moment zeigte sich auf Wittichs Gesicht ein ähnliches Entsetzen, wie Brodersen es auch schon bei Frau Predel erlebt hatte. »Merkwürdig. Der Vorgang ist überhaupt noch nicht im System erfasst. Das ist eigentlich unmöglich. Ich bin extra am Samstag hergekommen und habe alle Reste aufgearbeitet ...«

»Die Akte ist also verschwunden«, stellte Brodersen fest.

Der junge Mann zuckte mit den Schultern. »Ich weiß nicht. Es sieht fast danach aus. Aber gesehen habe ich die Sache, als sie hier eingegangen ist. Allerdings später ... als ich die Verfahren in den Computer eingegeben habe ...?« Wittich machte ein nachdenkliches Gesicht. »Ich kann mich nicht mehr daran erinnern, den Vorgang noch einmal gesehen zu haben. Eigenartig. Ich werde wohl eine Verlustanzeige an die Verwaltung machen müssen, wenn die Akte nicht mehr auftaucht.«

Brodersen bedankte sich bei Wittich und verließ das Kriminalgericht. Es war noch immer nicht klar, was hinter der Sache mit der verschwundenen Richartz-Akte steckte. Aber eigentlich konnte das kein Zufall sein.

Mittlerweile war es fast sechzehn Uhr geworden und er beschloss, heute nichts weiter zu unternehmen. Stattdessen machte er sich auf den Weg zu seinem ruinierten Haus, um dort nach dem Rechten zu schauen. Wenn er Glück hatte, war der Mann von der Bausanierungsfirma Neumann noch vor Ort. Brodersen hoffte, dass die Reparaturarbeiten nicht allzu lange andauern würden. Er hatte keine Lust, jeden Tag von Lehnitz aus zum Dienst fahren zu müssen.

Viertel vor fünf war er im Blumenwinkel. Von einem Mitarbeiter der Brandschadenfirma war weit und breit nichts zu sehen. Missmutig stieg er wieder in seinen Wagen. Aus einer Laune heraus fuhr er zum nahe gelegenen Weißen See und setzte sich auf eine Parkbank. Er merkte, wie erledigt er war. Alle Energie schien verflogen zu sein. Was in den letzten Tagen passiert war, hatte viel Kraft gekostet.

Er saß einfach nur da und starrte vor sich hin.

Irgendwann erhob er sich, um zu seinem Wagen zurückzugehen. Am Ausgang des Parks kam ihm eine Gruppe Rollstuhlfahrer entgegen, die er dem benachbarten Altenheim zuordnete. Eine der Frauen erinnerte ihn an seine betagte Mutter und er bekam sofort ein schlechtes Gewissen. Seit dem Frühjahr hatte er sie nicht mehr besucht. Der Weg nach Eckernförde war weit. Dass dies keine Entschuldigung sein konnte, wusste er. Als Brodersen mitbekam, wie eine der Pflegerinnen mit der Frau im Rollstuhl umsprang, fragte er sich, wie lange er selbst dergleichen aushalten würde. Die Vorstellung, wildfremden Menschen, die einem möglicherweise absolut unsympathisch waren, auf Gedeih und Verderb ausgeliefert zu sein, war ihm unerträglich. Wie weit wäre dann der Schritt in den Freitod?

Während er darüber nachdachte, fiel ihm Dieter Dehnert ein. Dem Mann war arg mitgespielt worden. Nur weil er ein Vater war, der sich Sorgen um seine Tochter gemacht hatte ...

Er stieg in seinen Volvo und machte sich auf den Weg zu seinem Gartengrundstück. Ob er bei einer Gaststätte halten und etwas essen sollte? Eigentlich verspürte er keinen Hunger. Der Sauerbraten vom Mittag lag ihm noch immer schwer im Magen. Und der Fall Drigalsky auch.

Als Brodersen am nächsten Morgen das Kriminalgericht Berlin-Moabit durch den Haupteingang betrat, war es drei Minuten vor sieben.

Er wusste nicht, ob Richartz bereits im Hause war oder ob er seinen Dienst erst später antreten würde. War Letzteres der Fall, würde Brodersen eben warten müssen. Die Sache war wichtig genug, um sie nicht noch weiter aufzuschieben.

Die Tür des Vorzimmers war unverschlossen. Richartz' Sekretärin saß bereits an ihrem Computer und warf Brodersen einen fragenden Blick zu.

»Ist Richartz schon da?«

Die Sekretärin nickte.

Brodersen ging zu der Tür zum Dienstzimmer des Oberstaatsanwalts und klopfte. Ohne eine Antwort abzuwarten, trat er ein.

Richartz saß über eine Akte gebeugt im Halbdunkel an seinem Schreibtisch. Die Lamellenjalousien hatte er geschlossen.

»Der frühe Vogel fängt den Wurm, was Brodersen?«, sagte Richartz ohne aufzublicken.

Brodersen runzelte die Stirn. »Ich muss mit Ihnen sprechen«, sagte er. »Es ist wichtig.«

Jetzt sah Richartz ihn an. »Bitte. Nehmen Sie Platz.«

Brodersen setzte sich auf den Besucherstuhl.

»Es geht um die Sache, über die wir uns schon einmal unterhalten haben. Vielleicht erinnern Sie sich daran, es war in Ihrem Stammlokal im Grunewald.«

Richartz machte ein ausdrucksloses Gesicht.

»Wir hatten über Ihre Trunkenheitsfahrt gesprochen«, fuhr Brodersen fort, »als man Ihren Führerschein eingezogen hat.«

Der Oberstaatsanwalt verzog keine Miene und Brodersen fragte sich, was wohl in ihm vorgehen mochte.

»Wir haben festgestellt, dass sämtliche Ermittlungsunterlagen, die dieses Verfahren betreffen, verschwunden sind. Mit der Abgabe an die Staatsanwaltschaft verliert sich jede Spur.«

Richartz hob die Augenbrauen und zuckte mit den Achseln. »Und?«

Brodersen schob sich auf dem Stuhl nach vorn. »Wir fragen uns, warum und vor allem wie die Akte verschwunden ist.«

»Das ist nicht mein Problem«, entgegnete Richartz. »Wenn Sie in Ihrem Hause keine Ordnung halten können, ist das Ihr Bier.«

Brodersen schüttelte den Kopf. »So einfach ist das nicht, Herr Oberstaatsanwalt. Man könnte nämlich leicht auf den

Gedanken kommen, dass Sie es waren, der die Akte hat verschwinden lassen. Sie haben sie einfach aus der Registratur geholt, bevor sie dort erfasst wurde und ... ja, was haben Sie eigentlich damit gemacht? Haben Sie sie vernichtet?«

Richartz' Gesicht war noch immer völlig ausdruckslos.

»Na egal«, fuhr Brodersen fort. »Jedenfalls kam Ihnen Ihr Kollege Theo Drigalsky irgendwie in die Quere. Und da Sie Mitwisser auf gar keinen Fall gebrauchen konnten, haben Sie ihn kurzer Hand erledigt. War es nicht so?«

Der Oberstaatsanwalt hob eine Augenbraue. »Mein lieber Hauptkommissar Brodersen«, sagte er gedehnt, »was sollen diese hanebüchnen Anschuldigungen? Was Sie sich da zusammengesponnen haben, ist reiner Nonsens. Und außerdem«, Richartz schob seinen Oberkörper dichter an Brodersen heran, »außerdem sind Sie nicht erst seit gestern bei der Kripo. Und daher sollten Sie eigentlich auch wissen, dass Ihre ganzen hübschen Theorien vor Gericht nichts nütze sind. Denn – und das ist der springende Punkt – Sie haben keinerlei Beweise, stimmt's?«

»Ich habe einen Zeugen«, gab Brodersen zurück.

»Einen Zeugen? Wofür?«

»Dafür, dass sich die Ermittlungsakte bereits hier im Hause befunden hat. Am Tag vor Drigalskys Tod. Martin Wittich, der zuständige Registrator konnte sich genau daran erinnern, was ich für nicht verwunderlich halte, schließlich ging es ja um Sie – einen Mitarbeiter derselben Behörde!«

Richartz grinste. »Na und? Was beweist das schon? Dass die Akte in Verlust geraten ist, können Sie doch nicht mir anlasten. Geschweige denn, den ganzen anderen Unsinn.«

Brodersen verzog das Gesicht.

»Sie haben nichts gegen mich in der Hand«, fuhr Richartz unbeirrt fort und steckte sich mit aller Seelenruhe einen Eukalyptusbonbon in den Mund. »Wenn Sie mir den Mord an Theo Drigalsky anhängen wollen, müssen Sie auch beweisen, dass ich es war. Das aber, mein lieber Herr Brodersen, das können Sie nicht. Selbst, wenn das Gericht Ihnen und Ihrem angeblichen Zeugen, diesem Registrator Wittich, Glauben schenken würde und zu der Einsicht gelänge, ich hätte die Akte verschwinden lassen, so beweist das noch lange nicht den Mord an Drigalsky.«

»Dafür werde ich auch noch Beweise finden«, gab Brodersen scharf zurück. »Und eines können Sie mir glauben: Ich werde etwas finden, das Ihre Schuld beweist!«

Der Oberstaatsanwalt unterbrach das Bonbonlutschen und sah Brodersen einen Augenblick lang stumm an. Dann brach er in schallendes Gelächter aus.

Brodersen fühlte sich angewidert von diesem Mann. Mit der rechten Hand fühlte er in seiner Jacke nach den Handschellen. Sie waren, wo sie sein sollten.

»Ich habe wirklich einen Fehler gemacht«, sagte Richartz, als er endlich mit dem Gelächter fertig war. »Ich hätte schlauer sein müssen und das Ding unter Ihrem Bett verstecken sollen und nicht im Sessel. Dann müsste ich mir heute nicht mehr Ihre dämliche Visage ansehen.«

Brodersen schluckte. Was hatte Richartz eben gesagt? Er spürte, wie ihn ein eiskalter Schauer den Rücken herunterlief. »Soll das heißen, Sie stecken hinter dem Brandanschlag auf mein Haus?«

Der Oberstaatsanwalt grinste. Aber er schwieg.

»Sind Sie vollkommen übergeschnappt? Warum zum Teufel haben Sie das getan?«

»Vielleicht, weil Sie Ihre dicke Bullennase in Angelegenheiten gesteckt haben, die Sie nicht das Geringste angehen.«

»WAS?«

»Die Sache mit meinem Missgeschick. Die Autofahrt, bei der mich Ihre Streifenkollegen geschnappt haben. Ich kam von Theo Drigalskys Geburtstagsfeier, hatte ein paar Gläser über den Durst getrunken. Warum konnten Sie Ihre Finger auch nicht aus der Sache heraushalten?«

»Also doch«, murmelte Brodersen.

Richartz nickte. »Es war eine so einfache Sache. Die Akte über mich musste früher oder später in Wittichs Registratur landen. Ich habe regelmäßig nachgesehen. Da er einen ganzen Stapel Reste hatte, bestand zumindest keine Gefahr, dass ich zu spät kommen würde.« Richartz schluckte den Saft des Eukalyptusbonbons herunter. »Und irgendwann war es dann soweit. Ich habe den Vorgang an mich genommen und geglaubt, die Sache sei damit erledigt.«

»Und als Sie mit der Akte aus Wittichs Zimmer an Drigalskys Büro vorbeikamen, hat sich seine Tür geöffnet und er ist auf den Flur getreten. Die Flurbeleuchtung hatten Sie abgeschaltet, er konnte Sie also nicht sehen. Dennoch fürchteten Sie, dass er Sie erkennen würde, wenn er noch weiter in den Korridor hinaustreten würde. Sie sind in Panik geraten und haben ihn erschlagen. War es nicht so?«

»Nein!«, brüllte Richartz. »So war es nicht!«

»Natürlich war es so«, fauchte Brodersen zurück. »Wenn Drigalsky Sie erkannt hätte, wäre es aus gewesen mit Ihrer Karriere bei der Staatsanwaltschaft.« Er schüttelte fassungslos den Kopf. »Sie haben einen Mord begangen, um Ihre Karriere nicht zu gefährden.«

Richartz schlug mit der Faust auf den Tisch. Sein Gesicht war rot vor Zorn. »Sie sind ja vollkommen verrückt, Brodersen.«

»Verrückt? Ich bin verrückt? Wissen Sie, was verrückt ist? Verrückt ist, jemandem die Zunge herauszuschneiden. Das ist verrückt. Warum haben Sie das eigentlich getan? War es ein Ablenkungsmanöver?«

»Schluss jetzt!«, schrie Richartz. »Hören Sie endlich auf mit dem Unsinn.«

»Sie sind ein Schwein«, antwortete Brodersen. »Ein Wahnsinniger. Ein Mensch ohne jeden Skrupel. Leute wie Sie gehören aus dem Verkehr gezogen. Endgültig!«

Richartz hielt den Atem an. Einen Augenblick herrschte Schweigen. Dann wies er zur Tür. »Wo sind eigentlich Ihre Kettenhunde, Brodersen? Sie wollen sich doch sicher nicht das Vergnügen nehmen lassen, mich an Ort und Stelle zu verhaften, oder?«

Brodersen verzog keine Miene. »Das kann ich auch allein«, sagte er. »Und im Übrigen liegt mir nicht das Geringste an irgendwelcher Effekthascherei. Man muss die Sache nicht breiter treten, als sie ohnehin schon ist.«

Der Oberstaatsanwalt grinste zerknirscht. »Da sind wir uns ja ausnahmsweise mal einig. Je weniger Leute davon wissen, desto besser. Und damit das auch so bleibt, werden wir zwei nun einen kleinen Spaziergang machen ...«

Mit den letzten Worten hatte er einen Revolver mit Schalldämpfer aus seiner Schreibtischschublade genommen, den Hahn gespannt und die Waffe auf Brodersen gerichtet.

16. Kapitel

Lassen Sie den Quatsch, Richartz!« Brodersen war der Schreck in die Glieder gefahren. Damit, dass der Oberstaatsanwalt ihn mit einer Waffe bedrohen könnte, hatte er absolut nicht gerechnet. Im Nachhinein erkannte er, dass dies ein schwerwiegender Fehler gewesen war. Er hätte Richartz' Kaltblütigkeit nicht unterschätzen dürfen, nach allem, was passiert war.

Richartz hatte sich erhoben und war neben Brodersen getreten, der wie gelähmt auf dem Besucherstuhl saß.

»Auf geht's, Herr Hauptkommissar.« Er zog Brodersen an dessen Jackenkragen in die Senkrechte und bohrte ihm den Schalldämpfer in die Seite.

In Brodersens Kopf überschlugen sich die Gedanken. In Fällen wie diesem lauteten die Empfehlungen der Polizeipsychologen stets, zunächst widerspruchslos alle Anweisungen zu befolgen, die unter direkter Waffengewalt gegeben wurden. Und was blieb ihm auch anderes übrig?

Als sie das Vorzimmer durchquerten, blickte Brodersen zu Richartz' Sekretärin hinüber. Er fragte sich, was geschehen würde, wenn diese etwas bemerkte, wenn sie panisch und unkontrolliert reagierte. Aber offenbar bekam die Sekretärin gar nicht mit, was hinter ihr vor sich ging. Sie saß mit einem Ohrhörer vor ihrem Computermonitor und hämmerte unablässig auf der Tastatur herum.

Dann waren sie auf dem Gang. Richartz ging noch immer dicht hinter ihm. Wenn auch der Lauf der Waffe nicht mehr direkt an seinem Körper zu spüren war, wusste Brodersen, dass es sinnlos sein würde, an Flucht zu denken. Andererseits fragte er sich, ob der Oberstaatsanwalt wirklich schießen würde. Mitten auf dem Flur eines Gerichtsgebäudes? Das Risiko, dass er es doch täte, war allerdings beträchtlich.

Brodersen rätselte, wohin Richartz mit ihm wolle. Im Grunde gab es nur zwei Möglichkeiten. Entweder der Oberstaatsanwalt plante eine Flucht und wollte ihn als Schutzschild gegen eventuelle Verfolger einsetzen, oder ... Brodersen vermied es, den Gedanken zu Ende zu denken. Er war der Einzige, der zum gegenwärtigen Zeitpunkt anscheinend wusste, wer Theo Drigalsky auf dem Gewissen hatte. Dass Brodersen ihn damit hinter Schloss und Riegel bringen würde, dürfte dem Oberstaatsanwalt wohl klar sein.

Auf dem Gang war kein Mensch zu sehen. Richartz trieb Brodersen unsanft voran. Nach vielleicht zwanzig Metern stoppten sie an einer schmalen Tür. Richartz zog einen Generalschlüssel aus seiner Hosentasche, schloss die Tür auf und drängte Brodersen hindurch.

Der kleine Raum, in dem sie sich befanden, musste ein technischer Betriebsraum sein. An den Wänden standen Schaltschränke, durch deren Glastüren man Unmengen von Datenkabeln, Schaltern und blinkenden Lämpchen sehen konnte. Irgendwo lief ein Lüfter. Brodersen vermutete, dass die Anlage etwas mit dem Computernetz des Gerichtsgebäudes zu tun haben musste.

Der Oberstaatsanwalt schob ihn gegen einen der Schaltschränke und presste ihm den Lauf der Waffe in den Nacken. Dann durchsuchte er ihn. Brodersens Dienstpistole nahm er an sich und steckte sie sich in den Hosenbund unter seinem Jackett. Das Handy verschwand ebenfalls. Dann griff er lachend nach den Handschellen, die Brodersen in seiner Jackentasche trug, und riss sie heraus. »Wie praktisch!«, schnarrte er und fesselte Brodersen damit an ein Wasserrohr an der Fensterseite des Raumes.

Richartz begab sich in Richtung Tür, wandte sich jedoch noch einmal mit drohender Miene um: »Übrigens, ich warne Sie, Brodersen. Lassen Sie mich laufen. Ansonsten werde ich dafür sorgen, dass Sie in den Streifendienst versetzt werden.«

Brodersen versuchte keuchend, sich loszureißen.

»Die Sache mit Ihrer Dienstwaffe damals, als Sie dieser Frau Unterschlupf gewährt haben, die dann mit Ihrer Waffe einen Mordversuch verübt hat, erinnern Sie sich?«

Brodersen stutzte. Er wusste, was Richartz meinte. Es war vor einem halben Jahr und stand im Zusammenhang mit dem Anschlag auf einen Reisebus und dem Mord an einem Reiseleiter. Und es war in der Tat ein schweres Dienstvergehen gewesen, das er sich hatte zuschulden kommen lassen. Die Ermittlungen gegen ihn waren damals eingestellt worden, die Beweislage war dünn, aber Brodersen wusste, dass man ihm einen Strick daraus drehen konnte. Einen gewaltigen Strick.

»Ich kenne Ihre Akte, Brodersen. Wenn Sie mich nicht gehen lassen, werde ich dafür sorgen, dass die Ermittlungen wieder aufgenommen werden. Sie werden nie wieder eine Dienstwaffe tragen, das verspreche ich Ihnen.«

In Brodersens Kopf drehte sich alles.

Richartz senkte die Stimme. »Ich habe Drigalsky nicht umgebracht. Glauben Sie mir!«

Brodersen spürte, wie seine Handgelenke schmerzten. »Warum sollte ich Ihnen glauben?«

»Weil ich es nicht war. Und wenn Sie ein guter Bulle wären, wüssten Sie längst, wer es war. Ich habe es schließlich auch herausgefunden.«

»Was?«

»Wer Theo ermordet hat. Und warum.«

»Aber ...«, Brodersen hielt inne, »... warum haben Sie dann geschwiegen?«

Richartz grinste. »Mein Schweigen war dem wahren Täter einiges wert. Es ist genug, um woanders neu anzufangen.«

Brodersen schüttelte ungläubig den Kopf. »Wenn Sie es nicht waren, wer dann?«

»Es war Helmut Oppelt«, sagte Richartz. »Und jetzt überlegen Sie sich gut, ob Ihnen etwas an Ihrer beruflichen Zukunft liegt.«

Mit diesen Worten hatte er sich umgedreht und war verschwunden.

Brodersen zögerte ein paar endlose Sekunden, er war wie gelähmt. Stimmte es, was der Oberstaatsanwalt eben gesagt hatte? War er wirklich nicht Drigalskys Mörder?

Richartz' Drohung ging ihm durch den Kopf. Ganz sicher konnte der ihn ans Messer liefern. Aber: Minus mal Minus ergibt nur im Schulunterricht immer Plus, jetzt und hier wusste er, was er zu tun hätte, falls ...

Was hatte Richartz vor? Wollte er tatsächlich fliehen und sich einen Vorsprung verschaffen, indem er ihn hier festhielt? Wo aber wollte er hin? Einen Ort zu finden, an dem sie ihn nicht aufspüren würden, dürfte in Zeiten von Interpol und Europol so gut wie unmöglich geworden sein. Das würde wohl auch Richartz wissen. Was also plante er?

Der Lüfter, der offenbar zu einem Klimagerät gehörte, machte ziemlichen Radau und Brodersen nahm an, dass es sinnlos sein würde, nach Hilfe zu rufen. Mit allergrößter Wahrscheinlichkeit war die Tür mit einem Schallschutz versehen. Anderenfalls würde der Lärm, den die Kühlanlage hier verbreitete, auf dem Flur für eine störende Geräuschkulisse sorgen. Und die war Brodersen bisher nie aufgefallen.

Er rüttelte mit den Handschellen am Wasserrohr. Das war absolut stabil und bewegte sich keinen Millimeter. Ob es Sinn machte, dagegen zu klopfen? Dreimal lang, dreimal kurz, dreimal lang. SOS. Oder doch dreimal kurz, dreimal lang ... Kaum ein Mensch kannte heutzutage noch Morsezeichen. – Außerdem würde das zu leise sein.

Der Schlüssel für die Handschellen, ging es ihm durch den Kopf. Wo war der? Einen Augenblick lang überlegte er. Dann fiel es ihm ein: Der Schlüssel steckte in seinem Portemonnaie. Und das hatte Richartz ihm zusammen mit dem Handy abgenommen. Brodersen ärgerte sich, dass er die Geldbörse nicht in seiner Hosentasche trug. Vielleicht hätte er jetzt eine Chance gehabt. So aber blieb ihm nichts anderes übrig, als abzuwarten und auf ein Wunder zu hoffen.

Er betrachtete die Lämpchen in den Schaltschränken, die abwechselnd aufleuchteten und erloschen. Er überlegte, wozu sie gut sein mochten. Offenbar dienten sie dem Wartungspersonal dazu, irgendwelche Zustände im Netzwerk zu überwachen. Viel über Computer wusste er nicht. Seine Kenntnisse beschränkten sich im Großen und Ganzen auf die Bedienung des Schreibprogramms und des internen Telefonverzeichnisses, welches man allen Berliner Verwaltungen ins Netz gestellt hatte.

Brodersen streckte sein linkes Bein aus. Es reichte bis zur Tür des ersten Schaltschrankes.

Er trat dagegen. Die Tür blieb zu.

Er trat kräftiger. Die Scheibe erzitterte.

Was würde passieren, wenn es ihm gelänge, die Glastür zu zerstören und mit dem Fuß ein paar Kabel aus den Steckverbindern zu reißen?

Egal, dachte er. Ich muss es versuchen. Eine andere Wahl habe ich nicht.

Brodersen winkelte das Bein so weit an, wie er nur konnte. Dann trat er zu. Die Wucht zertrümmerte die Scheibe unmittelbar. Die Scherben fielen zu Boden.

Sein Knöchel schmerzte höllisch. Der Strumpf färbte sich rot. Stöhnend zog er das Bein zurück und trat erneut, so kräftig er noch konnte, in die Kabel und Geräte.

Vor Schmerz brüllte er. Aber der Tritt hatte seine Wirkung nicht verfehlt. Das elektrische Knistern, mit dem er gerechnet hatte, war zwar ausgeblieben, dafür leuchtete in dem Schaltschrank jetzt nur noch ein Bruchteil der Lämpchen. Irgendwo aus Türnähe vernahm er einen rhythmischen Summton, von dem er annahm, dass es sich um eine Art Alarmsignal handelte.

Vorsichtig zog er sein Bein heran und betrachtete es, so gut ihm dies in seiner augenblicklichen Stellung möglich war. Der Fuß schwoll zusehends an, die Socke war zerfetzt und er hatte jede Menge Schürfwunden.

Nun konnte er nur noch warten.

Irgendwann verstummte der Alarmton. Einzig das Brummen des Klimagerätes war noch zu hören.

Verdammt, dachte Brodersen, es hat nichts gebracht.

Wie es schien, hatte er keine wichtigen Verbindungen unterbrochen. Die Leute von der Computerwartung würden den Schaden irgendwann begutachten und sich fragen, wie er zustande gekommen sein mochte. Möglicherweise würden sie nie eine Antwort darauf finden.

Er blickte zu dem kleinen Fenster. Die Morgensonne fiel herein. Es mochte mittlerweile vielleicht neun Uhr geworden sein. Das Zeitgefühl hatte er längst verloren. Seit seinem Gespräch mit Richartz war er mehr als aufgewühlt. Er wusste nicht, was er noch denken sollte.

Als Brodersen kaum mehr damit rechnete, kam der Oberstaatsanwalt zurück. Inzwischen hatte Brodersen seinen Entschluss gefasst. Er würde nicht untätig bleiben. Sterben würde er ohnehin. Es war klar, dass Richartz ihn nicht laufen lassen konnte.

»Was soll das denn?«, schrie Richartz, ließ einen Koffer auf den Boden fallen, und wies auf die zertrümmerte Scheibe des Schaltschrankes. »Sind Sie völlig übergeschnappt?«

Brodersen wartete darauf, dass Richartz ihn schlug. Aber das passierte nicht.

Der Oberstaatsanwalt holte seine Schalldämpferwaffe hervor und richtete sie erneut auf Brodersen. Dann löste er die Handschellen.

Er hat den Schlüssel in meiner Geldbörse gefunden, dachte Brodersen. Er hat meine persönlichen Dokumente durchschnüffelt.

Obwohl es angesichts seiner augenblicklichen Situation wohl eher eine Nebensächlichkeit war, stellte er fest, dass Ärger in ihm aufstieg. Aber in wenigen Augenblicken würde ohnehin alles vorbei sein. Im Flur, spätestens im Eingangsbereich des Gerichts, so hatte er es sich vorgenommen, würde er versuchen, Richartz niederzuschlagen. Das Risiko, dass der Oberstaatsanwalt dabei auf ihn schoss, war mehr als hoch. Aber es war der einzige Weg, den Fall aufzuklären. Und weiteres zu verhindern.

Brodersen war fest davon überzeugt, dass Richartz ihn ohnehin erschießen würde. Irgendwo. Vielleicht würde er auch versuchen, einen Unfall vorzutäuschen. Die Kunst, den Verdacht von sich selbst abzulenken, beherrschte der Oberstaatsanwalt ja bestens.

»Auf geht's«, befahl Richartz, nachdem er die Fesseln gelöst hatte. »Und keine Mätzchen.«

Brodersen erhob sich. Als er zur Tür blickte erstarrte er.

Hinter Richartz stand ein Mann. Sie hatten sein Kommen nicht gehört. Der Mann trug einen Laptop und einen kleinen Werkzeugkasten bei sich und Brodersen vermutete, dass es sich um einen Monteur der örtlichen Netzwerkverwaltung handelte. Die ganze Situation dauerte nur eine Sekunde. Höchstens zwei. Der Monteur starrte Brodersen an. Wie sollte er auch verstehen, was hier gespielt wurde.

Dafür schien Richartz zu merken, dass etwas nicht stimmte. Er drehte den Kopf zur Tür und fuhr merklich zusammen. Die Waffe an Brodersens Kreuz zitterte. Dann riss Richartz sie herum und feuerte auf den Fremden.

Brodersen schlug spontan zu und traf Richartz im Genick.

Der Oberstaatsanwalt wankte. Der Revolver fiel ihm aus der Hand. Noch ehe er das richtig begriff, hatte Brodersen ihm einen neuerlichen Schlag verpasst und sich auf ihn gestürzt.

Der Monteur hockte nur eine Armlänge weit neben ihnen und krümmte sich. Wie schwer seine Verletzung war, konnte Brodersen in der Hektik nicht ausmachen. Plötzlich spürte er selbst einen Stich in seinem Oberarm. Der Schmerz kam ebenso unerwartet wie heftig und zwang ihn dazu, Richartz loszulassen.

Der Oberstaatsanwalt rollte sich keuchend zur Seite. In seiner Hand hielt er ein Taschenmesser.

Gleichzeitig sah Brodersen den Revolver. Er lag neben ihm. Blitzschnell drehte er sich um und griff nach der Waffe. Als er sie zu fassen bekam, hatte sich Richartz bereits wieder aufgerappelt und stand in der Tür. »Ich warne Sie nochmals, Brodersen! Lassen Sie mich laufen.«

Mit den letzten Worten hatte Richartz sich umgedreht, seinen Koffer geschnappt und war auf dem Flur verschwunden.

Stöhnend erhob sich Brodersen und humpelte hinaus auf den Gang. Die nächst erreichbare Bürotür riss er auf und brüllte, man solle sofort einen Notarzt rufen und die Ausgänge sperren. Dann stürzte er weiter hinter dem Fliehenden her, der bereits im Treppenhaus verschwunden war und inzwischen einen beträchtlichen Vorsprung hatte, sodass Brodersen fürchtete, er würde ihn kaum mehr einholen.

Stärker noch als die Stichverletzung in seinem Oberarm schmerzte das lädierte Bein, mit dem er die Scheibe des Schaltschrankes eingetreten hatte.

Er hatte keinen Dritten in die Schusslinie dieses verbrecherischen Oberstaatsanwaltes bringen wollen und hoffte, dass die Verletzung des Monteurs sich in Grenzen halten würde. Zu mehr Gedankenspielen reichte die Zeit nicht.

Als er endlich das Foyer im Erdgeschoss erreichte, sah er, wie Richartz das Haus durch das Drehkreuz verließ. Niemand hinderte ihn daran.

Verdammt, dachte Brodersen. Ich hatte doch gesagt, sie sollen alle Ausgänge sperren.

Mit der Waffe in der Hand stürmte er hinterher. Kurz bevor er die Tür erreichte, ging der Alarm los. Die am Ausgang angebrachte Ampel schaltete auf Rot und das stählerne Drehkreuz rastete in eine Sperrstellung. Fluchend rüttelte Brodersen an den Streben. – Vergebens.

Hastig sah er sich um. In der Pförtnerloge stand ein Mann und schaute ängstlich zu ihm herüber.

Der Revolver, dachte Brodersen. Es ist der Revolver, der ihm Angst macht.

Er steckte die Waffe in den Hosenbund und rannte auf die Loge zu. »Polizei«, rief er. »Öffnen Sie sofort den Ausgang und lassen Sie mich durch.«

Der Pförtner hinter der Scheibe schien versteinert zu sein. Brodersen wollte seine Brieftasche zücken, um dem Mann seinen Dienstausweis zu zeigen, aber im gleichen Moment fiel ihm ein, dass Richartz ihm seine Papiere abgenommen hatte.

»Hören Sie«, begann Brodersen einen neuen Anlauf und versuchte, möglichst ruhig zu klingen. »Eben ist jemand durch diese Tür geflüchtet, der mehrere schwere Straftaten begangen hat. Vielleicht sogar einen Mord. Wenn Sie nicht wollen, dass er noch mehr Unheil anstellt, dann öffnen Sie sofort die Tür und lassen mich raus!«

Der Pförtner rührte sich nicht.

Brodersen merkte, wie seine Halsschlagader pochte. »Aufmachen!« brüllte er. Er war kurz davor, in Panik zu verfallen. Wenn er jetzt nicht umgehend aus dem Gebäude käme, wäre Richartz über alle Berge.

Auf einmal stand Freese neben ihm. Brodersen erkannte den jungen Wachtmeister sofort.

»Schnell«, rief er, »sagen Sie dem Pförtner, dass er mich rauslassen soll. Da draußen entkommt Drigalskys Mörder.«

Freese schaltete sofort. Er gab dem Mann in der Pförtnerloge ein Zeichen und rannte dann gemeinsam mit Brodersen zum Drehkreuz. Die Ampel schaltete auf Grün.

Hastig schoben sie sich ins Freie. Als sie auf der Straße standen, blickte Brodersen sich um. Richartz sah er nirgends. Die ganze Aktion an der Tür hatte viel zu lange gedauert.

»Was soll ich tun?«, fragte Freese mit zitternder Stimme. »Verstärkung rufen?«

Brodersen überlegte. »Wissen Sie, wo Oberstaatsanwalt Richartz seinen Wagen parkt?«

Freese sah ihn entgeistert an. »Richartz?«

»Genau der. Also: Wissen Sie, wo?«

Der junge Wachtmeister wies mit dem Kopf die Straße hinunter. »Meistens irgendwo da hinten: an der Wilsnacker Straße.«

Brodersen nickte. Dann rannte er los. Wenn er Glück hatte, würde er den Oberstaatsanwalt noch erwischen.

Nach wenigen Sekunden erreichte er die Straßenecke. Atemlos blieb er stehen. Er konnte einen weiten Teil der Straße einsehen. Sie war vollkommen leer. Kein Mensch weit und breit. Auf beiden Seiten parkten Autos.

Brodersen überquerte die Fahrbahn, um die andere Straßenseite besser überblicken zu können.

Dann sah er ihn. Richartz war gerade dabei, in seinen Wagen zu steigen.

Brodersen zog ohne zu zögern den Revolver aus seinem Hosenbund und richtete ihn auf die Reifen von Richartz' Daimler. Während er auf das Auto zulief, überlegte er für den Bruchteil einer Sekunde, wann er zuletzt hatte schießen müssen. Ihm war, als sei es eine Ewigkeit her. Er zwang sich, so gut es eben ging, zur Ruhe.

Als er endlich neben dem Wagen stand, hatte Richartz den Motor schon gestartet. Brodersen trat spontan mit dem Fuß direkt in die Beifahrertür.

Richartz schreckte auf und sah ihn aus ebenso verstörten, wie hasserfüllten Augen an. Anscheinend hatte er nicht mehr damit gerechnet, eingeholt zu werden.

Einen Augenblick lang passierte gar nichts. Dann trat Brodersen einen halben Schritt zurück und streckte seinen Arm aus, um die Tür aufzureißen. Noch bevor er den Griff erreicht hatte, machte das Fahrzeug einen Satz und krachte in den davor parkenden Golf.

Durch die unerwartete Bewegung des Daimler geriet Brodersen ins Taumeln und stürzte der Länge nach hin. Als er sich wieder aufgerappelt hatte, sah er, dass Richartz nicht mehr im Wagen saß. Die Fahrertür war geöffnet.

Dann krachte ein Schuss.

Er war von der anderen Seite des Fahrzeugs gekommen und Brodersen hielt instinktiv den Atem an. Er wartete auf den Schmerz, aber es kam keiner. Getroffen worden war er also offenbar nicht. Aber wo zum Teufel hatte Richartz schon wieder eine Waffe her?

In Zeitlupe bog Brodersen um das Heck des Daimler. Er rechnete jederzeit mit einem weiteren Schuss. Einige Augenblicke wartete er. Nichts passierte. Als er es endlich wagte, einen vorsichtigen Blick um das Fahrzeug herum zu werfen, stellte er fest, dass Richartz verschwunden war. Behutsam schob er sich vor. Die Fahrbahn war leer.

Kurz zögerte er. Dann rannte er in gebückter Haltung über die Straße und verschanzte sich hinter einem blauen VW-Bus.

Wo konnte Richartz schon wieder abgeblieben sein? Irgendwo musste er doch stecken.

Noch immer gebückt, schlich Brodersen langsam an der Reihe der Autos entlang bis er das Ende der Straße erreichte. Nach dem letzten geparkten Fahrzeug hielt er inne und lugte um die Ecke.

Richartz lief in vielleicht zwanzig Metern Entfernung die Turmstraße hinauf. Ab und an wandte er den Kopf nach hinten. Offenbar erwartete er, dass Brodersen ihm folgen würde.

Ein Möbelwagen bog in die Wilsnacker Straße ein und hielt.

Brodersen schaltete blitzschnell. Er rannte auf das Führerhaus des Möbelwagens zu und brüllte den Fahrer an, er solle sofort im Schritttempo auf der Kreuzung rangieren.

Der Mann im Fahrerhaus sah ihn entgeistert an.

»Ich bin Polizist«, schrie Brodersen und wedelte mit der Waffe in seiner Hand.

Der Fahrer des Möbelwagens zuckte mit den Schultern. Dann befolgte er Brodersens Anweisung, indem er langsam auf die Turmstraße zurückrollte.

Brodersen hielt sich währenddessen dicht an der rechten Seite des LKW. Hier würde Richartz ihn nicht sehen können.

Als der Möbelwagen schließlich über die Kreuzung gekommen war und weiter in Richtung Birkenstraße fuhr, blieb Brodersen zurück. Hastig drückte er sich an die Hausfassade und begann, vorsichtig in dieselbe Richtung zu laufen wie der Oberstaatsanwalt.

Richartz hatte bereits einen beträchtlichen Vorsprung. Hundertfünfzig Meter mochten es mindestens sein. Der Vorteil des großen Abstands war, dass Brodersen aus Richartz' Perspektive relativ schwer zu erkennen war. Noch dazu, weil er sich auf der gegenüberliegenden Straßenseite befand.

Brodersen mobilisierte alle Kräfte um aufzuholen. Da der Oberstaatsanwalt nunmehr annahm, dass ihm niemand mehr folge, hatte er sein Tempo gedrosselt und Brodersen war bald auf gleicher Höhe mit ihm. Mittlerweile befanden sie sich kurz vor der Kreuzung Stromstraße. Wenn Brodersen auf Nummer sicher gehen wollte, musste er den Flüchtenden zunächst allein die Straße überqueren lassen. Die Gefahr, dass er anderenfalls schießen würde, war einfach zu groß.

Er drückte sich an die Fassade des letzten Hauses vor der Kreuzung und verbarg seinen Kopf hinter einem Zigarettenautomaten.

Richartz passierte mit der nächsten grünen Ampelphase die Straße.

Brodersen wartete ab. Mit wenigen Griffen entfernte er den Schalldämpfer von seiner Waffe, damit sie handlicher wurde.

Als der Oberstaatsanwalt auf der anderen Seite angekommen war, löste Brodersen sich von der Hauswand und rannte ebenfalls über die Straße. Ein knallgelber Ford KA musste seinetwegen scharf bremsen. Die Fußgängerampel zeigte mittlerweile längst wieder Rot, aber er achtete weder darauf, noch auf das Gehupe des gelben Autos. Seine ganze Konzentration galt Oberstaatsanwalt Richartz. Wo wollte der hin? Und vor allem: Wo konnte er ihn stoppen?

Plötzlich preschte ein Polizeiwagen an ihnen vorbei. Die Sirene war ausgeschaltet, aber die Blaulichtblitze zuckten unübersehbar.

Verdammt, dachte Brodersen. Sind die verrückt geworden?

Er blickte zu Richartz hinüber. Auch dem war der Streifenwagen nicht verborgen geblieben. Der Oberstaatsanwalt ging sofort in die Hocke und verschanzte sich hinter dem Werbeaufsteller eines Zeitungsladens.

Die Besatzung des Polizeiwagens nahm keine Notiz davon und Brodersen fragte sich, ob es sich dabei überhaupt schon um die von Wachtmeister Freese herbeigerufene Verstärkung handeln konnte. Wie viel Zeit vergangen war, seit er das Gerichtsgebäude verlassen hatte, wusste er nicht. Er hatte jedes Gefühl dafür verloren.

Richartz hatte einige Sekunden verstreichen lassen und war dann hinter dem Sichtschutz hervorgekommen, um seinen Weg fortzusetzen. Misstrauisch schaute er sich um und Brodersen war auf der Hut, nicht entdeckt zu werden.

Sie erreichten den U-Bahnhof Turmstraße und Brodersen sah, dass Richartz den Eingang ansteuerte. Sein Puls raste. Er merkte, wie das Pochen an seinem Hals sich wieder verstärkte. Er musste unter allen Umständen verhindern, dass Richartz in einen der Züge stieg und entkam. Sonst wäre alles vergeblich gewesen.

Die Situation aber war fatal: Sollte es auf dem Bahnsteig zum Showdown kommen, konnte die Sache in einer Katastrophe enden. Und das durfte er um keinen Preis zulassen.

17. Kapitel

Als er die Treppe hinuntergerannt kam, war Richartz verschwunden. Er war ihm nicht entgegengekommen, musste sich also irgendwo auf dem U-Bahnsteig befinden.

Brodersen spürte den Windhauch, der aus dem Tunnel aufstieg. Wenn ein Zug in den Bahnhof fahren sollte, würde er handeln müssen. Die Frage war nur, wie.

Richartz würde zu allem fähig sein, sollte er sich in Bedrängnis sehen. Und daran, was bei einer Schießerei auf einem vollen U-Bahnhof passieren konnte, wollte Brodersen lieber nicht denken.

Am Gleis in Richtung Rathaus Steglitz stand eine größere Menschenansammlung, vermutlich handelte es sich um eine Touristengruppe. Einige Meter weiter war ein Mitarbeiter der Berliner Verkehrsbetriebe dabei, die flackernde Leuchtstofflampe einer Werbevitrine auszuwechseln.

Brodersen schlich langsam den Bahnsteig entlang. Irgendwo musste Richartz doch stecken. Oder hatte er den Bahnhof über die Treppe am anderen Ende wieder verlassen? Nein. Warum hätte er das tun sollen? Selbst wenn Richartz bemerkt hatte, dass er ihm gefolgt war, bestand kein Grund für ein solches Täuschungsmanöver. Zumindest theoretisch nicht.

Als Brodersen die Touristengruppe passiert hatte und wenige Meter weiter durch die zerkratzen Fenster des ehemaligen Zugabfertigerhäuschens schaute, sah er ihn.

Richartz stand am anderen Ende des Bahnsteigs und schien auf einen Zug in Richtung Osloer Straße zu warten.

Schnell zog Brodersen seinen Kopf zurück und presste sich an die Wand des Häuschens. Anscheinend hielt Richartz die Waffe nicht mehr in der Hand. Ob er sie irgendwo griffbereit versteckt hielt, hatte Brodersen in der Kürze des Augenblicks nicht erkennen können.

Sein Atem ging schnell. Er musste sich entscheiden. Jetzt. Wenn ein Zug in den Bahnhof einfahren würde, würde es zu spät sein. Konnte er das Risiko eingehen und sich auf Richartz stürzen?

Während er noch grübelte, löste sich einer der Touristen aus der Gruppe und kam auf ihn zu.

Rasch verbarg Brodersen den Revolver unter seiner Jacke.

Der Tourist hielt ihm einen Stadtplan unter die Nase und fragte ihn in gebrochenem Deutsch irgendetwas, das Brodersen nicht verstand. Seine Gedanken waren voll und ganz mit der prekären Situation beschäftigt, in der er sich befand.

»Bahnhof Zoo – please – welche direction?« Der Tourist ließ nicht locker.

In diesem Moment wusste Brodersen, was zu tun war. Er zog den Mann am Ärmel in die Mitte des Bahnsteigs und hoffte inständigst, dass Richartz nicht in seine Richtung blicken würde. Dann tippte er auf den Stadtplan, den der Mann ihm noch immer hinhielt und wies auf Richartz. *»Ask this man, please«*, sagte er.

Der Tourist nickte und schlenderte auf den Oberstaatsanwalt zu.

Brodersen schob sich um die Ecke des Abfertigerhäuschens und zog seine Waffe hervor. Dann drückte er den roten SOS-Knopf an einer der modernen Infosäulen, die anstelle des Bahnhofspersonals seit einigen Jahren die einzigen Ansprechpartner auf den Stationen waren. Aus dem

Gerät drangen Knacklaute. Dann fragte eine Stimme, was los sei.

»Schicken Sie sofort die Polizei«, flüsterte Brodersen. Dann holte er tief Luft und rannte auf Richartz zu.

Der Oberstaatsanwalt war gerade dabei, dem Mann mit dem Stadtplan den Weg zu erklären, als Brodersen sich auf ihn stürzte und zu Boden riss. Der Berlinbesucher wich erschrocken einen Meter zurück und hob schützend die Hände vor sein Gesicht.

Richartz wehrte sich nach Kräften und rammte Brodersen seinen Koffer in den Magen. Stöhnend zuckte dieser zusammen und krümmte sich. Dann bekam er den rechten Arm des Oberstaatsanwalts zu fassen und drehte ihn auf den Rücken.

Richartz' Waffe fiel zu Boden und als Brodersen ihm den Arm nach oben drückte, brüllte er auf.

Hechelnd verharrten beide eine Sekunde lang in dieser Stellung. Schweißgeruch lag in der Luft. Dann ließ Brodersen ihn los, sprang zur Seite und schoss mit seinem Fuß die heruntergefallene Waffe davon. Mit einem scheppernden Geräusch kam sie auf den Schienen zum Liegen.

Bevor er sich erneut umdrehen konnte, um Richartz wieder unter seine Gewalt zu bekommen, verspürte er einen unglaublich heftigen Schmerz im Rücken. Er japste nach Luft, aber er bekam keine. In die Knie gehend merkte er, dass Richartz erneut ausholte um zuzutreten. Aber der Tritt blieb aus.

Brodersen rappelte sich auf und stellte fest, dass Richartz verschwunden war. Er versuchte festzustellen, wo der Oberstaatsanwalt abgeblieben war.

In diesem Moment fuhr ein Zug in den Bahnhof.

Brodersen warf dem Touristen einen fragenden Blick zu, aber der sah ihn nur ängstlich an.

Der Zug hielt und die Türen öffneten sich. Verdammt, dachte Brodersen, er entwischt mir und ich kann nichts tun.

Fieberhaft überlegte er, ob er in die U-Bahn einsteigen solle oder nicht. Er rannte den Zug entlang und schaute in die Wagen, doch Richartz entdeckte er nirgends. Auch auf dem Bahnsteig war niemand mehr.

Der steckt mit dem Teufel im Bund, dachte Brodersen.

Der Ruf »Zurückbleiben bitte« drang aus den Lautsprechern und Brodersen sah ratlos zu, wie die Türen sich schlossen und der Zug den Bahnhof Turmstraße verließ.

Im selben Moment, in dem die roten Lichter im Tunnel verschwunden waren, kamen zwei Polizeibeamte die Treppe heruntergerannt. Brodersen lief ihnen entgegen und erläuterte die Situation. Er hoffte, dass sie den Zug auf freier Strecke stoppen könnten, um Richartz noch irgendwo zu erwischen, aber er ahnte, dass das nicht gelingen würde.

Um halb eins betrat Brodersen sein Büro im Präsidium. Noch immer verspürte er starke Schmerzen in seinem Fuß und Rücken. Der Notarzt, der auf Anforderung der Polizeibeamten an der U-Bahnstation erschienen war, hatte ihn verbunden und ihm dringend geraten, einen Chirurgen aufzusuchen, aber Brodersen hatte es vorgezogen, sofort in sein Büro in der Keithstraße zu fahren. Die Fahndung nach Richartz lief, Gronau und Schober waren dabei, das Dienstzimmer des Oberstaatsanwaltes zu durchsuchen.

Brodersen setzte sich an seinen Schreibtisch und schloss die Augen. Im Grunde glaubte er noch immer, dass er mit seiner Vermutung richtig lag, dass Richartz der Täter war. Trotzdem ging ihm nicht aus dem Kopf, was dieser gesagt hatte. Konnte es vielleicht doch Oppelt gewesen sein? Drigalskys Nachbar und Schützenbruder? Der Mann, der es auf die Waffensammlung des Staatsanwalts abgesehen und Franziska Dehnert in seine Gewalt gebracht hatte, nachdem Brodersen ihn bei seinem Einbruch ertappt hatte. War dieser Mann ein Mörder? Nein, dachte Brodersen, Oppelt war es nicht. Es passte einfach nicht zu ihm. Außerdem hatte es Richartz während der Ermittlungen wiederholt verstanden, Unschuldige in Verdacht zu bringen. Dieter Dehnert war das beste Beispiel dafür.

Er griff zum Telefon und wählte Gronaus Handynummer. Es dauerte einen Augenblick, bis eine Verbindung zustande kam. »Ich bin's«, sagte Brodersen. »Wie weit seid ihr?«

Gronau brummte. »Wir sind noch beim Sichten. Hier liegt jede Menge Papierkram herum. Ein Notizbuch haben wir bereits gefunden, leider stehen nur Verhandlungstermine von Richartz' Abteilung drin. Außerdem liegt hier eine sehr interessante Akte über ein Verkehrsdelikt mit Richartz als Hauptdarsteller. Trunkenheit am Steuer.«

Brodersen atmete auf. Nun war es auch für die Kollegen offenbar, dass Richartz nicht der war, der zu sein er vorgegeben hatte. Er zog sein verletztes Bein auf den Besucherstuhl und bat Gronau, sich sofort zu melden, sollten sie noch etwas Entscheidendes finden.

Brodersen lehnte sich zurück und schloss abermals die Augen. Er konnte noch immer nicht glauben, was passiert war. Oberstaatsanwalt Richartz hatte sich Dinge zuschulden kommen lassen, die eine derartige kriminelle Energie erkennen ließen, dass Brodersen schwindelig wurde. Ein Mann, der als Anwalt des Staates für Recht und Gesetz eintreten sollte, erschlägt einen Kollegen, lässt unschuldige Beteiligte verhaften und zündet schließlich gar das Haus eines Kriminalbeamten an, um sich eines allzu lästigen Ermittlers zu entledigen. Und das alles wegen eines Straßenverkehrsdelikts? Wie eitel war dieser Richartz?

Gerade als er drauf und dran war einzunicken, klingelte sein Telefon. Er setzte sich aufrecht hin, rieb sich über die Augen und hob ab.

Gronaus Stimme überschlug sich: »Wir haben noch etwas gefunden.«

Sofort war Brodersen hellwach. »Was denn?«

»Etwas sehr Abstoßendes. Es wird dir nicht gefallen.«

»Sag endlich, was?«

Gronau räusperte sich. »Eine Mappe mit Fotos. Fotos von kleinen Mädchen, du verstehst? Die Art von Fotos, die es besser nicht geben sollte.«

Brodersen hielt den Atem an. »Du meinst ... Kinderpornografie?«

»Ja. Und weißt du, wer noch auf den Fotos zu sehen ist?«

»Oberstaatsanwalt Richartz?«

»Nein«, schrie Gronau. »Es ist Drigalsky!«

Kurz nach vierzehn Uhr saß die Ermittlungsgruppe im Versammlungszimmer. Auf dem Tisch lag die Mappe mit den Fotos, die etwas zeigten, das niemand im Raum sehen wollte. Dennoch mussten Sie sich zwingen hinzuschauen. »Was, zum Teufel, war Drigalsky für ein Schwein«, entfuhr es Kolberg.

Brodersen blickte starr vor sich hin. In seinem Kopf war nichts als absolute Leere. Er wusste nicht, was sie nun tun sollten. Der Fall, den er noch am Morgen für gelöst gehalten hatte, war nun undurchsichtiger denn je. Und er hatte sich in eine Richtung entwickelt, die ihm ganz und gar nicht behagte.

»Die Frage ist, wie Richartz zu den Fotos gekommen ist«, sagte Gronau.

»Vielleicht war er genau so ein perverses Schwein«, antwortete Kolberg. »Inzwischen halte ich alles für möglich.«

Brodersen versuchte, sich zu konzentrieren. Plötzlich hatte er einen Gedanken. Irgendetwas war mit den Fotos. Irgendetwas hatte in einem hinteren Winkel seines Kopfes klick gemacht, als er die Fotos anschauen musste. Er überlegte, was es gewesen sein konnte. Widerwillig zog er die Mappe heran und öffnete sie erneut. Es waren insgesamt zwölf Aufnahmen und Brodersen zwang sich dazu, sie genauer zu betrachten. Drigalsky war darauf zu erkennen. In einem Zimmer, bei dem es sich wohl um sein Schlafzimmer handelte. Zwei Mädchen. Vielleicht zehn Jahre alt. Brodersen stutzte. Er nahm das nächste Foto, dann noch eines.

Tatsächlich. Das war es: Die Mädchen waren Zwillinge. Sie unterschieden sich, aber man erkannte auf den zweiten Blick trotzdem, dass es Zwillinge waren.

Brodersen legte die Fotos in die Mappe zurück. Behutsam, als seien es die Kinder selbst.

Er hatte es nicht glauben wollen, doch es gab wohl keinen Zweifel mehr. Von diesem Moment an war er sich sicher, wer Theo Drigalsky ermordet hatte.

18. Kapitel

Brodersen war das Verhör, das er nun zu führen hatte, äußerst unangenehm. In all den Jahren, die er bei der Kripo war, hatte er Hunderte Vernehmungen mit Tatverdächtigen geführt, die ihm selten allzu nahe gegangen waren. Aber dieses Verhör war ein besonderes Verhör und er hoffte, dass es bald vorüber sein würde.

Als Helmut Oppelt hereingeführt wurde, bemerkte Brodersen dessen ausgemergeltes Gesicht. Er wies auf den Besucherstuhl und bat Oppelt, Platz zu nehmen. Dann stellte er ihm ein Glas Mineralwasser hin und fragte, ob er eine Aussage zu machen hätte, aber Oppelt schüttelte den Kopf.

Also blieb Brodersen keine Wahl. Er griff nach der Mappe mit den Fotos und legte sie vor Oppelt auf den Tisch. Er bedeutete ihm, sie zu öffnen.

Zögernd schlug Oppelt den Deckel auf und blickte hinein. Als ihm das erste Foto in die Hände fiel, riss er sich die Hände vor das Gesicht und begann zu schluchzen.

Brodersen verhielt sich völlig still. Als Oppelt sich einigermaßen beruhigt hatte, fragte er ihn erneut, ob er eine Aussage zu machen habe.

Diesmal nickte Oppelt. »Ich war es«, sagte er fast unhörbar. »Ich war es, der Theo Drigalsky erschlagen hat. Er hat ... das Schwein hat ...« Wieder bekam er einen Weinkrampf.

Brodersen ließ ihm Zeit. »Wieso haben Sie ihn nicht angezeigt?«, fragte er nach einer Weile.

Oppelt hob den Blick. »Angezeigt? Was hätte das genützt? Schließlich war er Staatsanwalt. Wem hätte man wohl mehr geglaubt, ihm oder mir?«

Brodersen schwieg.

»Und selbst, wenn ich es hätte beweisen können, was wäre ihm denn schon passiert? Eine Geldstrafe? Bewährung? Er hätte nie die Finger von Kindern gelassen. Nein. Ich wusste, dass ich ihn töten musste. Das war der einzige Weg, um zu verhindern, dass er weitermacht.«

»Also betraten Sie am Abend des 15. Mai das Gerichtsgebäude und gingen zu seinem Büro.«

Oppelt nickte. »Um siebzehn Uhr bin ich durch den Haupteingang rein. Um diese Zeit herrschte noch genügend Betrieb, dass ich nicht auffiel. Ich wusste, dass Drigalsky an diesem Tag bis spät in die Nacht arbeiten wollte. Die Gelegenheit erschien mir günstig. Also versteckte ich mich in einer der Toiletten und wartete. Bis gegen dreiundzwanzig Uhr. Ich nahm an, dass sich um diese Zeit nicht mehr viele Menschen in dem Gebäude befinden würden. Theo hat oft davon erzählt, dass er am liebsten nachts arbeitete, weil das Gericht dann so gut wie ausgestorben war.«

»Und dann?«

»Dann bin ich in den dritten Stock zu seinem Zimmer. Vor der Tür kamen mir Gewissensbisse. Ich war mir plötzlich nicht mehr sicher, ob es richtig war, was ich vorhatte. Da hörte ich Geräusche aus einem der Nebenzimmer und erschrak. Im nächsten Moment öffnete sich die Tür von Theos Büro und er trat in den Flur. Da hob ich den Arm und ...« Oppelt vergrub das Gesicht in seinen Händen.

Einen Moment herrschte Schweigen. Brodersen griff nach der Mineralwasserflasche, die auf dem Tisch stand, und füllte Oppelts Glas erneut auf. Der nahm es und trank einen Schluck. Dann fuhr er fort.

»Ich weiß nicht warum, es war ein Reflex. Ich habe mir vorgestellt, was er mit meinen Töchtern gemacht hat, und nur noch Rot gesehen.«

Brodersen nickte. »Woher wussten Sie eigentlich, dass Drigalsky sich ... an Ihren Zwillingen vergriffen hat?«

»Ich wusste es erst seit Theos Geburtstagsfeier. Dass etwas mit den Mädchen nicht stimmte, ahnten meine Frau und ich schon länger, die beiden waren in den letzen Monaten von einer eigenartigen Angst befallen, die wir uns nicht erklären konnten. Wir waren drauf und dran einen Psychologen einzuschalten, dann aber kam dieser Abend. Es war mehr oder weniger ein Zufall, dass ich hinter Drigalskys Schweinereien gekommen bin. Er hat an seinem Geburtstag bei sich zu Hause eine Party gegeben. Irgendwann war der Champagner alle und er hat mich in den Keller geschickt, um Nachschub zu holen. Als ich mit den Flaschen auf dem Weg zurück nach oben war, bin ich an eines der Regale gestoßen und ein Karton fiel heraus. Ich wollte ihn zurückstellen, aber irgendetwas klemmte in dem Fach. Also habe ich mich gebückt und nachgesehen. Es war ein dicker Briefumschlag, der offenbar am oberen Regalbrett festgeklebt gewesen war und sich gelöst haben musste. Als ich ihn berührte, öffnete er sich und eine Reihe Fotos fielen mir in die Hände.« Oppelts Worte waren kaum mehr zu verstehen, er wies auf die Mappe auf dem Schreibtisch. »Es waren diese Fotos.«

Brodersen nickte.

»Ich war starr vor Entsetzen, unfähig zu denken. Mechanisch habe ich die Fotos zurück in den Umschlag gesteckt, den Karton in das Regal gestellt und den Keller verlassen. Was den Rest des Abend passierte, weiß ich nicht mehr. Am nächsten Morgen beschloss ich, das Schwein umzubringen, das meinen Kindern so etwas angetan hat.«

Brodersen erhob sich und ging zum Fenster. Er sah hinaus, aber er nahm nicht wahr, was draußen geschah. »Wissen Sie, was ich nicht verstehe? Ich verstehe nicht, warum Sie dem Toten die Zunge herausgetrennt haben. Was wollten Sie damit bezwecken?«

»Die Zunge? Das, das war ich nicht. Damit habe ich nichts zu tun!«

Brodersen drehte sich um und starrte Oppelt an. »Nein?«

»Nein.«

»Wer war es dann?«

Oppelt zuckte mit den Schultern. »Woher soll ich das wissen? «

Brodersen dachte einen Augenblick lang nach. Dann setzte er sich an den Tisch zurück. »Stimmt es, dass Oberstaatsanwalt Richartz Sie erpresst hat?«

Helmut Oppelt nickte. »Er hat mich zwei Tage später angerufen und gesagt, er wisse etwas, dass er wohl besser für sich behalten sollte, und fragte, was mir sein Schweigen wert sei. Ich wusste überhaupt nicht, was ich sagen sollte. Ich war noch immer völlig durcheinander nach allem, was passiert war. Der Oberstaatsanwalt kannte mich von jener Geburtstagsfeier, die alles verändert hat. Er verlangte, dass wir uns treffen.«

»Also haben Sie zugestimmt.«

»Was hätte ich tun sollen? Ich habe mich mit ihm getroffen und er hat seine Forderung genannt: Hunderttausend Euro wollte er dafür, dass er mich nicht ans Messer lieferte.

Er meinte, er habe Beweise genug, um mich anklagen zu können.«

Brodersen hob die Augenbrauen. »Und Sie haben ihm geglaubt.«

»Ja. Er hat mir gesagt, dass er von den Machenschaften Theos wusste. Dass er wusste, was Drigalsky mit kleinen Mädchen trieb. Und was er meinen Töchtern angetan hatte. Außerdem hätte er mich im Gericht gesehen, in jener Nacht.«

»Haben Sie gezahlt?«

Oppelt nickte. »Vorgestern. Ich musste mir das Geld zusammenborgen.«

Brodersen dachte einen Augenblick nach. »Wollten Sie deshalb Drigalskys Waffensammlung stehlen? Um sie zu verkaufen, damit Sie Richartz' Forderung erfüllen konnten?«

»Nein. Der Gedanke kam mir erst, als ich in Theos Haus war. Zunächst wollte ich nur die Fotos aus dem Keller holen. Niemand sollte sie finden. Niemand, verstehen Sie? Auch nicht die Polizei.« Oppelt zog sein Taschentuch hervor und schneuzte sich. »Meine Frau war dagegen, dass ich in Drigalskys Haus eindringe und die Fotos hole. Sie war geschockt genug, als ich ihr erzählte, was Theo für ein Schwein war und was im Gericht passiert ist. Deshalb auch ihr anonymer Anruf bei der Polizei. Sie wollte verhindern, dass ich noch mehr Dummheiten mache. Aber sie hat überhaupt nicht überlegt, dass wir uns verdächtig machen würden, sollte die Polizei die Fotos finden. Deswegen habe ich mich auch nicht beirren lassen, sie aus dem Versteck zu holen.«

»Aber Sie hatten die Fotos nicht dabei, als wir Sie nach der Geiselnahme festgenommen haben ...«

»Sie waren verschwunden. Ich habe den halben Keller durchsucht, aber nichts gefunden. Irgendwann war ich mir sicher, dass es Richartz gewesen sein musste, der sie sich geholt hatte.« Oppelt zeigte bittend auf sein leeres Glas und Brodersen griff erneut nach der Wasserflasche, um es aufzufüllen.

»Und dann haben Sie begonnen, den Waffenschrank auszuräumen ...«

»Ja. Ich war noch nicht weit gekommen, als Sie und Theos Freundin das Haus betraten. Was dann passierte, wissen Sie ja.« Er griff nach dem Glas. »Ich war so verrückt zu glauben, mit einer Entführung genug Geld erpressen zu können, um vielleicht mit meiner Familie ein neues Leben anzufangen. Irgendwo, wo uns niemand kennt.«

Das Telefon klingelte und Brodersen griff nach dem Hörer um abzunehmen. Es war Kolberg und was er zu sagen hatte, war eine interessante Neuigkeit. Brodersen lauschte schweigend seinen Ausführungen. Nach einer knappen Minute war das Gespräch beendet und er legte auf. Dann erhob er sich und trat erneut zum Fenster. Diesmal sah er, dass es zu regnen begonnen hatte.

»Wir wissen jetzt, dass höchstwahrscheinlich Richartz für die herausgetrennte Zunge verantwortlich ist«, sagte er. »Die Spurensicherung hat das Büro des Oberstaatsanwalts auseinander genommen und in einem der Aktenschränke eine Schreibmaschine gefunden. Eine uralte mechanische Schreibmaschine. Es gibt keine Zweifel. Mit dieser Maschine wurde der Umschlag beschriftet, mit dem die Zunge verschickt worden ist.«

Epilog

Als Werner Brodersen am Morgen des 30. Mai sein Büro im Präsidium des LKA in der Keithstraße betrat, fand er einen Zettel auf seinem Schreibtisch vor. *Bei Wieschalla melden!* stand darauf.

Brodersen schob ihn zur Hälfte unter seinen Schreibtischkalender. Dann öffnete er das Fenster und atmete die feuchte und klare Luft des beginnenden Tages.

Der Mordfall Theo Drigalsky war gelöst. Gestern bis spät in die Nacht hatte er an seinem Schreibtisch gehockt und den Abschlussbericht geschrieben. Die ganze Zeit, während er den Vorfall aktenkundig machte, war ihm eine Frage nicht aus dem Kopf gegangen: Wie viel Schuld trug Oppelt? Wie hätte er an Oppelts Stelle gehandelt? Zu was wäre er selbst fähig gewesen, in einer solchen Situation?

Brodersen trat vom Fenster weg und schaltete die Kaffeemaschine ein. Dann holte er eine Tüte mit Butterbroten aus seiner Umhängetasche.

Während der Kaffee durchlief, dachte er an Drigalsky. Und daran, wie schwer es gewesen war, dessen Lebensumstände zu durchleuchten. Die Frage, woher die Dokumente über die ehemalige Raketenbasis in seinem Besitz stammten, hatten sie noch immer nicht beantworten können. Auch Scherer vom Verteidigungsministerium hatte nichts mehr von sich hören lassen. Wahrscheinlich ging Drigalskys Waffenleidenschaft doch noch erheblich weiter als vermutet. Sie wussten es nicht und Brodersen ging davon aus, dass sie es auch nicht mehr erfahren würden. Im

Grunde war die Antwort auf die Frage nach den Dokumenten auch entbehrlich geworden.

Dass Drigalsky ein Mann mit vielen Geheimnissen war, hatten sie gewusst. Dass eines dieser Geheimnisse jedoch ein so verachtenswertes war, hatte wohl niemand geahnt. Nur Richartz hatte es die ganze Zeit gewusst. Der Mann, der die Ermittlungen in diesem Mordfall geleitet hatte, war selbst darin verstrickt. Brodersen fragte sich, ob es gelingen würde, den Oberstaatsanwalt festzunehmen. Die Beweise, die sie mittlerweile gegen ihn in der Hand hatten, würden für eine Verurteilung reichen. Wenn sie seiner habhaft würden. Brodersen ging davon aus, dass Richartz sich längst außer Landes befand und Oppelts Geld bei seiner Flucht vor Brodersen hatte retten können. Aber wie lange reichten Hunderttausend Euro?

Die Frage, warum Richartz die Zunge des Opfers an den Vater von Drigalskys Freundin geschickt hatte, ließ sich bislang nur hypothetisch beantworten. Gronau und Kolberg waren sich einig, dass der Oberstaatsanwalt zwei Dinge damit bewirken wollte: Die Tat brisanter zu machen, als sie war, um damit von seiner eigenen nächtlichen Aktion abzulenken. Niemanden würde eine verschwundene Akte interessieren, wenn Derartiges im Hause passiert war. Zum anderen, meinten Gronau und Kolberg, wollte Richartz den sächsischen Wirt warnen. Warnen vor einem Kinderschänder, mit dem sich dessen Tochter eingelassen hatte.

Wenn Letzteres stimmen sollte, dachte Brodersen, gab es wenigstens einen kleinen Funken Hoffnung, dass auch Richartz kein Mensch ganz ohne Gefühle war.

Viel war passiert. Justitia hatte wie immer verbundene Augen gehabt. Sie war zu allen Zeiten manipulierbar, dachte Brodersen. Auch er verhielt sich nicht immer gesetzestreu, wenn es darum ging, einen Fall zu lösen. Kriminalpolizeiliche Ermittlungen waren wie Drahtseilakte. Und oft genug war es noch nicht einmal ein Seil, das ihm dabei zur Verfügung stand, sondern nur ein seidener Faden – die Spur, die sie verfolgten, zuweilen nur eine ganz dünne Linie.

Die Unterredung mit Wieschalla dauerte nur wenige Minuten. Der Kriminaloberrat bedauerte, dass er während der Ermittlungen im Fall Drigalsky zu sehr auf Richartz' Seite gewesen war. Obwohl er es nicht wörtlich gesagt hatte, empfand Brodersen dies als eine Entschuldigung seines Chefs.

Als er zu seinem Büro zurückkam, stand Koch vor der Tür.

Brodersen war überrascht. »Du bist wieder im Dienst?«

Koch schüttelte den Kopf. »Noch nicht. Der Arzt sagt, vor Ende Juni wird es nichts werden. Und offen gestanden: Ich glaube ihm. Hin und wieder habe ich noch ziemliche Schmerzen.«

Brodersen nickte mitfühlend. »Und was machst du dann hier?«

Koch grinste, zog einen Briefumschlag aus seiner Windjacke und überreichte ihn Brodersen.

Er warf Koch einen fragenden Blick zu. Dann öffnete er den Umschlag. Es befanden sich sechzehn Euro und zehn Cent darin »Was ist das für Geld?«

»Dein Anteil«, entgegnete Koch. »Am Lottogewinn!«

Erst jetzt fiel bei Brodersen der Groschen. Er musste zugeben, daran gar nicht mehr gedacht zu haben.

Lachend verließ Koch das Zimmer.

Brodersen sank auf seinen Schreibtischstuhl zurück, schlürfte seinen Kaffee und dachte an Franziska Dehnert.

Als er irgendwann auf die Uhr blickte, stellte er fest, dass er längst weg sein wollte. Schließlich hatte er ab heute Urlaub. Und das Zimmer in einer kleinen Pension im Elbsandsteingebirge war bereits gebucht und wartete auf ihn.

Während seiner Abwesenheit würde sich die Firma Neumann mit der Sanierung seines ausgebrannten Hauses beschäftigen. Wenn alles planmäßig verlief, würde er nach seiner Rückkehr aus dem Urlaub bereits wieder einen Teil seines Hauses bewohnen können.

Brodersen erhob sich, schaltete seine Schreibtischlampe aus und ging zur Tür.

Kurz bevor er auf die Klinke drückte, klingelte sein Telefon.

Einen Augenblick lang zögerte er.

Dann drehte er sich um, ging zum Schreibtisch zurück und nahm ab.

Es war drei Minuten vor zehn.

Nachwort

Die vorstehende Geschichte hätte sich so zugetragen haben können. Dennoch hat sie keinerlei realen Hintergrund. So sind also alle Namen von Personen, Firmen oder auch von Gasthöfen einzig ein Produkt meiner Fantasie und haben nichts mit eventuell existierenden Persönlichkeiten oder tatsächlichen Geschehnissen zu tun.

Selbst dann, wenn sie an realen Orten spielt, ist dies in der Wirklichkeit zu keiner Zeit in dieser Form geschehen.

Oder ich weiß nichts davon ...

KBV-KRIMI

Ralf Kramp

Ein Viertelpfund Mord

KBV-Krimi Nr. 120
Taschenbuch, 160 Seiten
ISBN 3-937001-38-7

Heimtückische Killer mit ausgetüftelten Plänen und ratlose Zufallstäter, denen der brutale Mord gewissermaßen im Handumdrehen gelingt – sie alle versammeln sich hier zu einem munteren mörderischen Stelldichein. Doch all den frischen Witwen, skrupellosen Auftragskillern und eiskalten Giftmörderinnen wird eines schnell bewusst: Verbrechen zahlt sich selten aus, denn die Tücke des Objekts wendet sich allzu oft gegen sie. Es sind die perfiden Schnippchen, die Ralf Kramp seinen Lesern in diesen knapp zwanzig rabenschwarzen Stories schlägt, die immer wieder für haarsträubende Überraschungen sorgen.

»Sanfte Grausamkeit, garniert mit einer Prise Humor« (Schnüss/Bonner Stadtmagazin)

»Meister des schwarzen Humors« (Kölner Stadt-Anzeiger)

»Schwarzer Humor und Fabuliergabe« (Trierischer Volksfreund)

Burkhard Ziebolz

Riesen und Zwerge

KBV-Krimi Nr. 22
Taschenbuch, 316 Seiten
ISBN 3-927658-53-7

Die Entdeckung des jungen Biologen Thorsten Gröning ist geradezu sensationell: Es ist ihm gelungen, einen Wachstumsfaktor zu isolieren, der der Medizin in Zukunft ungeahnte Möglichkeiten bieten kann. Doch mit dem Erfolg kommen die Probleme, denn einige seiner Kollegen sind allzu erpicht darauf, Grönings Wissen für sehr viel Geld an die mächtige Pharmaindustrie zu verkaufen. Seine Ergebnismappe verschwindet eines Tages auf geheimnisvolle Weise spurlos aus dem Labor, und wenige Tage später wird ein Kollege brutal ermordet aufgefunden. Hans Fröhlich und Hans-Jörg Meyer von der Braunschweiger Kripo schalten sich ein, und Gröning beschließt, für einige Zeit unterzutauchen, da ihn nun plötzlich die Polizei des Mordes verdächtigt. Er kann niemandem mehr vertrauen …

Jürgen Siegmann

Nierenpoker

KBV-Krimi Nr. 117
Taschenbuch, 272 Seiten
ISBN 3-937001-36-0

Im St. Josef-Krankenhaus in Barmbek wird der renommierteste Arzt des Hauses, Professor Hohenfeld, tot aufgefunden. Ein Fall für Kommissar Schmitz, dessen Freundin Tessa zur Zeit in eben jenem Krankenhaus liegt. Schnell gerät Schmitz in Stress. Eigentlich würde er gerne seine neue Wohnung renovieren, denn momentan schläft er auf einer Baustelle ohne Strom und heißes Wasser. Aber sein neuer Vorgesetzter, mit dem ihn eine tiefe gegenseitige Abneigung verbindet, will schnelle Ergebnisse, weil ihm die Presse im Nacken sitzt. Schmitz ermittelt, unterstützt von seinem schrulligen Assistenten Sand, in verschiedene Richtungen, und die Liste der Verdächtigen wächst rasch an. Ist der Täter im beruflichen Umfeld des Professors zu suchen, oder liegt das Motiv im privaten Bereich des Toten, der zahlreiche Affären hatte?

KBV-KRIMI

Olov Svedelid

Hassels Hölle

KBV-Krimi Nr. 119
Taschenbuch, 380 Seiten
ISBN 3-937001-35-2

Roland Hassel von der Stockholmer Polizei träumt von einem Karrieresprung. Daher akzeptiert er es sogar, zwischendurch für Interpol den Laufburschen zu spielen. Er soll von einem Schweden, der in Nigeria gearbeitet hat, Informationen übernehmen. Doch dieser Bengt Ölund wird ermordet; das Beweismaterial verschwindet. Offenbar ist der Fall brisanter als es den Anschein hatte. Hassel macht sich auf den Weg nach Lagos – und landet in der Hölle!
Wieder legt Olov Svedelid einen Thriller von internationalem Niveau vor. Weltweit sterben Jahr für Jahr Tausende von Menschen, weil sie mit überlagerten oder gefälschten, wirkungslosen Medikamenten behandelt werden. Wer hinter dem lukrativen Handel mit Markenwaren steckt – Roland Hassel findet es schließlich heraus.

Susanne Amtsberg

Irrwasser

KBV-Krimi Nr. 115
Taschenbuch, 288 Seiten
ISBN 3-937001-33-6

Die Journalistin Toni Smerell taucht im vergessenen Gebirgsort Tiefenbach kopfüber in einen der letzten Mythen unserer Zeit. Sie soll das Geheimnis vom »Wolkenfänger« ergründen, während verheerende Regenfälle den Ort ins Tal zu reißen drohen. Im Auftrag des Zeitmagazins *Now* soll sie den Wissenschaftler Prof. Dr. Steffen Tropper aufspüren – einen modernen Regenmacher, der sich hier angeblich versteckt hält. Bald weicht der Regen ihr auf Taschenformat zurechtgestutztes Leben auf. Was tun, wenn unsere Wirklichkeit zu einem grandiosen Fake verkommt, wenn einem ganzen Dorf ein Mord als die billige Lösung erscheint? Gemeinsam mit dem Feuerwehrmann Mark entdeckt Toni jenes Lebenselixier, das so manche Gesetzmäßigkeit seiner Spezies verneint: das Wasser.

Mathias Christiansen

Die dünne Linie

KBV-Krimi Nr. 116
Taschenbuch, 212 Seiten
ISBN 3-937001-37-9

Es ist ein schwarzer Tag für Justitia, als einer ihrer treuesten Diener, der Staatsanwalt Drigalsky, im Kriminalgericht Moabit gefunden wird – in einer Lache seines eigenen Bluts, erschlagen und seiner Zunge beraubt. Der Berliner Kriminalhauptkommissar Werner Brodersen leitet die Ermittlungen und staunt nicht schlecht, als man in der Wohnung des Ermordeten ein ganzes Waffenarsenal findet – und dubiose Hinweise auf eine Raketenabschussbasis. Führte der angesehene Staatsanwalt ein Doppelleben zwischen Rechtsprechung und Kriminalität? Als wenige Tage nach dem Mord in einer Berliner Postwurfsendung die abgetrennte Zunge des Staatsanwalts gefunden wird, dämmert dem Kommissar, dass hier noch in ganz anderer Richtung gesucht werden muss …